음악의 시학

인문학 클래식 7

음악의 시학

이고르 스트라빈스키

이세진 옮김

민음사

찰스 엘리엇 노턴 시학 강연회에 서게 된 것은
큰 영광이었으며, 하버드 대학교 학생들 앞에서
강연할 수 있도록 초청해 준 위원회 측에 감사를 전한다.
청중은 판단을 내리기 전에 먼저 듣고 배우는
수고를 기꺼이 받아들인다. 그들 앞에서 연사가
된 것은 처음이라, 나는 그 기쁨을 숨길 수가 없었다.
지금까지 연주회 단상과 공연장에서 이른바
대중이라고 하는 사람들의 집단 앞에 서곤 했지만
학생들을 대상으로 강연을 해 본 적은 처음이었다.
배움을 바라는 독자는 어떤 학문에 대해
개념부터 탄탄하게 파악하고 싶어 할 것이다.
그러니 내가 여기서 논하는 음악학이 일반적으로
생각하는 것보다 훨씬 더 진지하다고 경고한대도
그리 놀라지 않을 것이다.

차례

1   음악적 고백록——9

2   시간 예술로서의 음악——35

3   작곡가의 창조적인 상상——63

4   디오니소스와 아폴론의 역할——91

5   러시아 음악의 혁신들——119

6   연주와 해석의 차이——153

에필로그——171

우리 시대의 거장(조지 세페리스)—— 175

주(註)——183

작가 연보——187

옮긴이의 글——201

1
음악적 고백록

"모조품이 넘쳐 나는 와중에
진품의 가치를 알아보려면
육감이 있어야겠지요."

스트라빈스키

여러분은 음악학의 치밀함, 그 특수한 중요성에 겁먹지 않기 바랍니다. 여러분의 기를 꺾을 생각은 없습니다만……음악을 오로지 그 본질적인 실재들에만 한정해서 논하기란 매우 어렵습니다. 그러나 내가 듣기 좋은 여담이나 일화를 늘어놓으면서 음악을 마구잡이 이야깃거리로 삼는다면 음악을 배신한 것 같은 기분이 들고 말 겁니다.

내가 지금부터 '시학'을 강의한다는 것을 잊지 않겠습니다. 엄밀한 의미에서 시학이 앞으로 이루어져야 할 작품 연구를 뜻한다는 것은 여러분도 잘 알고 있겠지요. '시학(poétique)'이라는 단어의 어원이 되는 그리스어 동사 '포이에오(ποιέω)'에는 오로지 '만들다(to make)'라는 의미밖에 없습니다. 고대 철학자들이 말하는 시학은 천부적 재능과 미의 본질에 대한 서정적 논의가 아니었어요. 그들에게 '테크네(τέχνη)'는 미술

과 유용한 기술 전반을 포함하는 단어로서 실제 작업의 확고
부동한 규칙들에 대한 앎과 연구에 해당했습니다. 바로 그 때
문에 아리스토텔레스의『시학』은 개인적 작업의 관념들, 즉 구
조와 배치를 끊임없이 들먹이는 겁니다.

　내가 여러분에게 말해 보려는 것이 바로 음악의 시학, 즉
음악이라는 분야에서의 '만들기'입니다. 우리 음악가들은 음악
을 기분 좋은 몽상의 구실로 여기는 게 아니라고만 말해 둡시
다. 나 자신도 워낙 압도적인 책임감을 느끼고 있기에 내 소임
을 진중하게 여기지 않을 수가 없습니다. 그래서 나는 내가 제
공할 수 있는 그 무엇을 습득하고 공부해 보겠다는 여러분을
향해 강연하게 된 것을 이점으로 여기고, 여러분은 그 대신 일
련의 음악적 고백들의 증인이 된다는 이점을 누렸으면 합니다.

　그렇다고 해서 장 자크 루소의『고백』같지는 않을 겁니
다. 정신분석학적인 종류의 고백과는 더욱더 다를 테고요. 그
런 고백들은 가짜 과학을 앞세워 인간의 진정한 가치들과 심
리적이고 창조적인 능력들을 참담하게 모독할 뿐이지요.

　내 고백의 전반적인 구성은 '아카데믹한(académique)' 강의
와 나 자신의 일반적 견해들에 대한 '옹호(apologie)'의 중간쯤
이라고 하겠습니다. 여기서 '아카데믹한'이라는 단어를 주목
해 주십시오. 강의를 하다가 또 언급할 일이 있을 테니까요. 그
리고 '옹호'라는 말도 일반적인 의미, 그러니까 칭송을 뜻한다

기보다는 나의 개인적인 시각과 관념을 방어하고 정당화한다는 뜻으로 받아들이길 바랍니다. 요컨대, 여러분에게 나의 교조적인 신념을 털어놓겠다는 뜻입니다.

'교의(dogme)', '교조적인(dogmatique)' 같은 단어들이 미학 분야, 나아가 정신적인 분야에 적용되기만 하면, 확고한 신념보다는 진실성이 더 풍부한 정신의 소유자들과 충돌을 일으키고, 나아가 충격을 주기까지 한다는 것을 나도 잘 압니다. 바로 그렇기 때문에 여러분이 이 단어들을 그 정당한 의미의 범위 전체로 받아들여야 한다고 강조하는 바입니다. 나는 여러분이 이 단어들의 가치를 알아보고 친숙해지기를 권고하며, 결국에 가서는 이 단어들을 좋아하게 되었으면 합니다. 내가 이 단어들의 정당한 의미를 들먹거리는 이유는, 어떤 활동 분야에서든 교의적인 요소가 자연스럽고 정상적으로 쓰인다는 점을 강조하기 위해서입니다. 교의적인 요소가 절대적이고 실질적인 중요성을 띠는 분야도 엄연히 있습니다.

실제로, 창작 현상은 그 현상의 존재를 드러내는 형식과 따로 떼어서 인식할 수 없습니다. 그런데 모든 형식 과정은 어떤 원리에서 나오고, 그 원리를 공부하려면 바로 그 교의라고 하는 것이 필요하다는 말이죠. 달리 말해 보자면요, 질서가 혼돈을 제압하게 하려면, 불확실한 생각과 수많은 가능성이 얽히고설켜 있는 와중에 작업이라는 한 줄기 직선을 끌어내려면, 일종의 교조주의가 필요합니다. 따라서 나는 이 단어들을 예술과 정신을 엄정하게 지키는 데 반드시 필요한 요소라는 의미로만 사용할 겁니다. '교의'니 '교조적'이니 하는 단어들은 결코 제 기능을 부당하게 차지한 것이 아닙니다.

'질서(ordre)'는 우리가 다루는 분야 안에서 교의를 수립할 수 있게 해 줍니다. 소위 질서에 호소한다는 사실 자체가 우리의 교조주의 취향을 북돋아줄 뿐 아니라 우리 자신의 창작 활동을 교조주의의 방패 아래에 두게 합니다. 그렇기 때문에 나는 여러분이 이 단어를 기꺼이 수용하기를 바랍니다.

나는 이번 강의에서 매번 질서와 규율에 대한 감각과 취향에 호소할 겁니다. 그러한 감각과 취향이 긍정적인 개념들로 잘 고양되고 떠받쳐지면 소위 교의의 바탕이 되는 겁니다. 1장에서는 앞으로 할 공부의 순서를 알려 주는 차원에서, 강의 형식으로 음악에 대한 하나의 설명을 발제하는 선에서 그칠 겁니다. 내가 왜 '설명(explication)'이라는 단어를 쓸까요? 게다가 '하나의(une)'라고 한정해서 말하는 이유는 뭘까요? 개인의 관점이 깃들지 않은 일반적인 정보를 알려 주려는 것이 아니라 음악을 내가 생각하는 대로 설명하려고 하기 때문입니다. 이 설명은 나 자신의 경험과 개인적 관찰의 결실이 될 정도의 객관성을 충분히 갖추고 있습니다.

나는 그 같은 설명의 가치와 효율성을 스스로 경험해 보았기에 확신을 갖고 여러분에게 장담할 수 있습니다. 나는 그저 사적인 견해들의 합이 아니라, 내가 직접 확인하고 검증했기에 나 아닌 다른 사람에게도 분명히 유효한 사실들의 합을 전달할 겁니다. 따라서 나의 느낌이나 내 개인의 특수한 취향은 전혀 상관없습니다. 이건 주관성의 프리즘을 통해 투영하는 음악 이론이 아니에요. 나의 경험과 연구는 완전히 객관적이며 나의 성찰이 제기하는 의문들조차도 그 경험과 연구에서 구체적인 것을 끌어내기 위해서만 존재합니다.

내가 발전시킨 이 생각, 내가 주장하고 있으며 지금 여러분 앞에서 체계적으로 옹호하고자 하는 이 대의는 항상 음악 창작의 바탕이 되었고 앞으로도 그러할 것입니다. 그러한 생각과 대의는 구체적인 현실의 차원에서 수립되어 있으니까요. 아주 조금이라도 나의 작품을 중요하게 생각한다면, 그러한 작품을 탄생시키고 작품과 함께 발전해 온 사변적인 개념들을 믿어 주시기 바랍니다. 나의 작품은 내 의식과 신념의 결실이니까요.

설명한다는 것, 라틴어 '엑스플리카레(explicare)'는 펼치고 발전시키는 것, 어떤 것을 기술하는 것입니다. 설명한다는 것은 기원을 발견하고, 사물들 간의 관계를 확인하고, 명쾌하게 밝히고자 힘쓰는 것입니다. 여러분에게 설명하는 것은 곧 나 자신에게 설명하는 것이요, 악의와 무지 때문에 어긋나거나 전복된 것을 바로잡고자 힘쓰는 것입니다. 그 무슨 조화인지, 악의와 무지는 예술에 통용되는 대부분의 판단에 어김없이 끼어듭니다. 무지와 악의는 동일한 뿌리로 이어져 있습니다. 악의는 무지에서 얻는 이점들을 음흉하게 이용해 먹지요. 둘 중 어느 쪽이 더 가증스러운지는 모르겠습니다. 무지 그 자체는 아마 죄가 아닐 겁니다. 그런데 무지가 진정성을 주장하고 나설 때부터 슬슬 의심스러워지기 시작합니다. 레미 드 구르몽[1]의 말마따나 진정성은 설명이라고 하기도 뭐하고 변명은 더욱 더 아니거든요. 그리고 악의는 항상 정상 참작의 조건으로 무지를 주장하게 마련이지요.

여러분도 쉽게 인정할 수 있을 겁니다. 신학적 언어를 빌리자면 "무지와 연약함과 악의"[2]의 모호한 결탁이 반박의 타당성, 충실하고도 격렬한 옹호의 타당성을 입증합니다. 우리는 바로 이런 의미에서 논쟁을 원합니다.

따라서 나는 논쟁을 벌이지 않을 수 없습니다. 첫째 이유는 조금 전에 언급했듯이 음악적 가치들이 전복되었기 때문이고, 둘째 이유는 일견 개인적인 듯 보이지만 실제로는 결코 그렇지 않은 대의를 옹호하기 위해서입니다. 이 두 번째 이유에 대해서 해명을 좀 하겠습니다. 나 자신이 다행스럽게 여기는 우연 덕분에, 본의 아니게 이력 초기부터 나의 작품과 사람됨은 특별한 표식으로 두드러졌고 일종의 '시약(試藥)' 같은 역할을 해 왔습니다. 이 시약이 내 주위의 음악적 현실, 인간 환경과 관념의 세계에 닿으면 굉장히 과격하면서 또 그만큼 자의적이기 짝이 없는 반응들이 다양하게 일어나곤 했습니다. 뭔가 번지수를 잘못 찾은 것 같은 느낌이었다고 할까요. 그러나 이 생각지 않았던 반응들은 비단 내 작품뿐만 아니라 음악 전체에 대한 것이었습니다. 그 반응들이 한 시대의 음악적 의식 전체를 오염시켰고 정신의 가장 지고한 능력에 대한, 즉 예술로서의 음악에 대한 모든 사유, 주장, 의견을 왜곡시키는 판단 오류의 심각성을 드러냈습니다. 잊지 마세요, 「페트루슈카」, 「봄의 제전」, 「나이팅게일」은 모두 뿌리 깊은 변화들로 점철된 시대에 나온 작품들입니다. 그 변화들은 많은 것을 밀어 냈고, 수많은 이들을 혼란에 빠뜨렸지요. 미학 영역에서나 표현 방식 차원에서 일어난 변화들은 아니었습니다. (그런 혼란은 오히려 내가 음악 활동을 시작하기 이전 시대에 일어났습니다.) 내가 말한 변화들은 음악 예술의 시원적인 요소들, 기본 가치들의 전반적인 개정(révision)에 관한 것이었습니다.

그 시기에 어렴풋이 윤곽을 드러낸 개정은 쉴 새 없이 추진되어 왔습니다. 내가 이 자리에서 자명한 것으로 간주하는 사실은 그 자체로도 입증되거니와 구체적인 일련의 사태들, 우리가 현재 목도하고 있는 사건들을 통해서도 명확하게 알 수 있습니다.

내가 「봄의 제전」을 발표한 때를 무슨 혁명이 실현된 시대처럼 바라보는 시각도 있는 줄 압니다. 그 시각에서는 지금 우리가 그 혁명의 성과들을 소화하는 과정에 있다고 보지요. 나는 이러한 견해에 오류가 있다고 봅니다. 나를 무슨 혁명가로 간주한다면 단단히 잘못 본 거라고 생각해요. 「봄의 제전」 발표 당시 그런 얘기들이 참 많이도 나왔습니다. 온갖 모순되는 의견들로 시끌벅적한 와중에, 거의 유일하게 내 친구 모리스 라벨만은 상황을 제대로 보았습니다. 그는 「봄의 제전」의 참신함이 작법, 악기 편성, 작품의 기술적 장치에 있지 않고 음악적 실체에 있음을 제대로 알아보았고, 실제로 그렇게 말했습니다.

나는 졸지에 본의 아니게 혁명가가 되었지요. 그런데 혁명의 추진력이란 결코 완벽하게 자발적이지가 않답니다. 사정을 빤히 알고 혁명을 만들어 내는 약삭빠른 사람들이 있지요. 그러니 내 것이 아닌 의도를 부여하는 사람들에게 이용당하지 않도록 경계해야 합니다. 나는 혁명 운운하는 말을 들을 때마다 어김없이 G. K. 체스터턴[3]이 프랑스에 도착해서 칼레의 술집 주인과 나누었다는 대화를 떠올립니다. 그 술집 주인은 삶이 너무 고되다고, 자유가 점점 줄어드는 것 같다고 불평을 늘어놓고는 "혁명을 세 번이나 겪고서 늘 똑같은 자리로 돌아오다니, 이 무슨 개고생인가요."라고 결론 조로 말합니다. 그러자체스터턴은 술집 주인에게 혁명(révolution)[4]의 본래 의미는 어떤 동체가 폐곡선을 따라서 움직이다가 출발점으로 돌아오는 것이라고 일러 주지요.

「봄의 제전」 같은 작품에서 오만한 자세를 느낄 수는 있습니다. 이 작품이 구사하는 언어가 새로운 탓에 무례하게 보일 수도 있었겠지요. 그러나 이 작품이 가장 전복적이라는 의미에서 혁명적이라는 지적은 가당치도 않습니다.

어떤 습속을 깨뜨리는 것만으로 혁명가라는 딱지가 붙을 수 있다면 뭔가 할 말이 있는 음악가, 그 말을 하기 위해 기존 관습에서 벗어난 음악가는 전부 혁명가 소리를 들어야겠네요. 왜 굳이 예술 사전에 이렇게 실속 없는 단어를 집어넣어야 한답니까? 가장 통상적으로 받아들여지는 의미에서 혁명은 과격하고 소란스러운 상태를 가리킬 뿐인데, 독창성을 지칭하고 싶다면 훨씬 더 적절한 다른 단어들도 많이 있잖습니까?

솔직히 말해, 예술사에서 혁명적이라고 부를 만한 사태를 하나라도 꼽을 수 있다면 나는 그게 더 당혹스러울 것 같습니다. 예술은 그 본질상 구성적입니다. 혁명은 균형의 파괴를 뜻합니다. 혁명을 말한다는 것은 일시적인 혼돈을 말하는 거예요. 그런데 예술은 혼돈의 정반대입니다. 혼돈에 자신을 내맡길 때에는 반드시 그 사람의 살아 있는 작품들, 그 자신의 삶 자체에도 즉각적인 위협이 닥치게 마련입니다.

오늘날에는 으레 예술가들에게 혁명적이라는 평가가 찬사의 뜻으로 따라붙곤 합니다. 아마도 우리가 혁명이 구태의연한 엘리트 층에 일종의 특권이 되는 시대를 살고 있기 때문이겠지요. 확실히 짚고 넘어갑시다. 대담함이 가장 아름답고 위대한 행동의 원동력이라는 것은 내가 누구보다 앞장서서 인정할 수 있습니다. 하지만 그렇기 때문에 무슨 수를 써서라도 센세이션을 일으키려고 대담함을 분별없이 무질서와 노골적인 욕망에 쏟아서는 안 된다고 생각합니다. 대담한 것은 좋습니다. 대담함에 한계를 두지도 않습니다. 그러나 임의적인 것에 대한 경계심에도 결코 한계를 두어서는 안 됩니다.

대담함으로 정복한 바를 온전히 누리고 싶다면 그러한 대담함이 한 점 그늘 없는 빛 속에서 작용하기를 바라야 합니다. 대담함의 자리를 가로채려는 온갖 도용을 고발하는 것이 곧 대담함을 드높이는 작업입니다. 쓸데없는 과장은 어떤 소재든 망칩니다. 그러한 과장이 끼어드는 형식들은 전부 다 망한다고 봐야 해요. 그런 과장은 더없이 귀한 참신함을 성급히 내치는 동시에, 그 숭배자들의 취향을 타락시키지요. 쓸데없는 과장을 좋아하는 취향이 말도 안 되게 난해하고 복잡한 것에서 가장 밋밋하고 진부한 것으로 아무 중간 단계 없이 재빨리 옮겨 가는 이유가 이로써 설명됩니다.

음악적 복합물은 아무리 조악할지라도 진품이기만 하다

면 정당합니다. 그러나 모조품이 넘쳐 나는 와중에 진품의 가치를 알아보려면 육감이 있어야겠지요. 우리의 스노비즘이 자기가 갖지 못했다는 이유로 그악스럽게 질색하는 바로 그 육감 말입니다.

전위적인 엘리트들은 끊임없이 좀 더 센 것을 추구하기 때문에 자기네들의 부조리한 카코포니(cacophonie) 취향을 만족시킬 만한 음악을 기대하고 요구합니다.

'카코포니' 운운하면서 내가 거들먹거리는 노인네, 옛것을 찬양하기 좋아하는 사람(laudator temporis acti) 취급을 받을까 봐 두렵지는 않습니다. 나는 조금도 물러서지 않겠다는 분명한 의식을 가지고 이 말을 하는 겁니다. 그 부분에 대한 내 입장은 「봄의 제전」을 작곡하고 사람들에게 혁명가 소리를 듣던 시절이나 지금이나 한 치 틀림없이 똑같습니다. 그때나 지금이나, 나는 가짜 돈을 시중에 통용되는 진짜 돈으로 착각하고 넙죽 받을까 봐 단단히 경계하는 사람입니다. 카코포니란 나쁜 소리, 불협화음, 불법 거래 상품 등을 뜻하는 단어인데, 조화에 어긋나기 때문에 진지한 비평에 배겨 날 수 없는 음악을 말합니다. (미학적으로나 기법적으로나 나와 본질적으로 다른 차원에서 일가를 이룬 음악가를 한 명만 예로 들어 보자면) 아널드 쇤베르크의 음악에 대해서 이런저런 견해들이 있는 줄 압니다. 그의 작품은 종종 과격한 반발이나 빈정대는 웃음을 사기 일쑤였지요. 하지만 정직한 정신과 진짜배기 음악적 소양을 갖춘 사람이라면 「달에 홀린 피에로」의 작곡자가 자신의 작업을 정확히 인식하고 있었고 아무도 기만하지 않았다는 것을 분명히 느끼리라 생각합니다. 쇤베르크는 자기에게 맞는 음악적 체계를 채택했고, 그 체계 안에서 자기 논리에 완벽하게 충실하고 완벽하게 정합적인 음악을 했습니다. 그냥 자기 마음에 안 든다고 해서 무조건 음악에 카코포니 딱지를 붙이고 내치면 안 됩니다.

이해할 수 없는 것의 세계에 익숙한 것을 자랑인 줄 알고 그 세계와 어울리는 것을 행복해하는 속물들의 허영심 또한 타락을 낳습니다. 그들이 추구하는 것은 음악이 아니라 충격 효과, 이해를 어지럽히는 센세이션입니다.

그래서 고백하건대, 나는 혁명에서 아무 매력을 못 느낍니다. 혁명이 낼 수 있는 그 어떤 소리도 내 안에 반향을 불러일으키지 못해요. 왜냐하면 혁명과 새로움은 별개거든요. 새로움은 보란 듯이 제시하지 않으면 동시대 사람들이 인정하지 않을 수도 있습니다. 어느 한 작곡가의 작품을 예로 드는 것을 부디 양해해 주었으면 합니다. 이미 오래전에 분명히 인정을 받았고 거리의 손풍금 악사들까지도 즐겨 연주할 만큼 보편적인 대중성이 있는 작품이기 때문에 일부러 예로 고른 겁니다.

내가 선택한 예는 샤를 구노입니다. 내가 구노를 좀 오래

물고 늘어지더라도 놀라지 말아요. 나의 관심을 끄는 것은 「파우스트」의 작곡가 그 자체가 아닙니다. 그의 작품이 더없이 뚜렷한 미덕들을 갖추었음에도 그 새로움 때문에 제대로 인정받지 못한 예를 잘 보여 주기 때문에 살펴보려는 거예요. 그것도 자기가 판단해야 할 실재에 대해서 정확히 알고 있어야 할 소임이 있는 자들이 그랬단 말이지요.

「파우스트」를 보세요. 이 유명한 오페라가 처음 나왔을 때 비평가들은 구노의 창의적인 멜로디를 인정하려 들지 않았습니다. 지금은 '구노 하면 멜로디'라고 할 만큼 그의 재능의 지배적인 특성이 멜로디에 있다고 보는데 말입니다. 당시 비평가들은 심지어 구노가 멜로디 쪽으로 소질이 없지 않나 생각했어요. 그들의 표현을 그대로 빌리자면, 구노는 "교향악을 해야 할 사람이 극장에서 헤매고" 있었고 "엄격한 음악가"였습니다. 물론 '영감'을 받기보다는 '머리'로 음악을 하는 사람이라는 말도 들었고요. 비평가들은 구노에게 "성악이 아니라 오케스트라를 통해 미학적 효과를 실현한다."라는 비난을 자연스럽게 퍼부었습니다.

1862년, 그러니까 「파우스트」 초연에서 3년이 지난 후, 파리의 《가제트 뮈지칼》은 아예 딱 잘라서 「파우스트」는 전체적으로 "멜로디주의자의 작품이 아니다."라고 했습니다. 같은 해에 저 유명한 폴 스퀴도[5]는 자기 말이 곧 법으로 통했던 《르뷔

데 되 몽드》에 다음과 같은 역사적인 문장을 게재했더랬지요. 이 글은 전체를 다 인용하지 않으면 나 자신을 용서할 수 없을 것 같습니다.

구노 선생은 안타깝게도 베토벤의 후기 사중주들에서 변질된 몇몇 대목에 너무 도취했다. 물이 흐려진 이 샘에서 근대 독일의 형편없는 음악가들, 리스트 아류, 바그너 아류, 슈만 아류가 총출동한다. 또한 어떤 대목들은 멘델스존의 양식을 연상시킨다. 구노 선생이 정말로 선율의 지속이라는 교의를 따른 것이라면, 「탄호이저」와 「로엔그린」의 매혹을 빚어낸 원시림과 석양의 그 선율, "마침표와 쉼표는 내 소관이 아니니 당신 마음대로 찍으시구려."라는 아를르캥(광대)의 〔구두점 없는〕 편지에 비견할 만한 선율을 따른 것이라면, 만약 그런 경우라면 구노 선생은 돌이킬 수 없이 실패한 셈이니 나는 차라리 나의 가정이 불가능하다고 믿고 싶다.

그러나 독일인들도 자기네들의 스타일을 착실하게 본받은 스퀴도의 손을 들어 주었습니다. 실제로 《뮌히너 노이에스테 나흐리흐텐》에는 구노가 프랑스인이 아니라 벨기에인이다, 그의 음악에는 현대 프랑스와 이탈리아 악파의 특징이 보이지 않고 그의 공부와 성장의 배경이 되었던 독일 악파의 특징이 보인다는, 말도 안 되는 기사까지 실렸습니다.

음악을 다루는 글의 성격은 지난 70년간 변하지 않았습니다만 음악은 끊임없이 변해 왔습니다. 이 변화를 주목하려 들지 않는 음악 해설가들에게는 그들 자신의 변화도 없었지요. 그러니 우리도 반격을 준비해야 합니다.

그래서 나는 논쟁을 벌여 보렵니다. 나는 아무 거리낌 없이 고백할 수 있습니다. 나 자신을 방어하기 위해서가 아니라 음악 전반과 그 원칙들을 옹호하기 위해서, 비록 방식은 다르지만 내 작품으로 그래 왔던 것처럼 논쟁을 일으켜 보렵니다.

이제 앞으로의 논의가 어떻게 구성되는지 좀 말해 두겠습니다. 강의는 모두 여섯 번으로 나뉘는데 각 회에 제목이 붙습니다.

가령, 첫 번째 강의 주제는 '친밀해지기'입니다. 나는 이 첫 강의에서 내 수업의 지침에 해당하는 원칙들을 요약하려고 했습니다. 여러분은 음악적 고백을 듣게 될 것이고, 내가 어떤 의미에서 고백이라는 표현을 썼는지는 이미 말했습니다. 언뜻 주관적으로 보이는 표현이지만 내가 이 고백에 뚜렷한 교조적 성격을 부여할 것이기 때문에 사실은 그렇지가 않지요.

질서와 규율의 엄격한 비호 아래에서 음악과 친밀해진다는 것에 겁을 먹어서는 안 됩니다. 내 수업은 일반적인 관념들의 무미건조하고 몰개성적인 발표에 한정되지 않고 내가 생각하는 음악을 가급적 생생하게 설명할 테니까요. 구체적 가치들에 충실하게 이어져 있는 나의 개인적 경험을 설명해 보렵니다.

두 번째 강의는 음악적 현상[6]을 다룰 겁니다.

나는 음악의 기원이라는 풀리지 않는 문제는 제쳐 놓고 감각과 지성을 지닌 온전한 인간에게서 비롯되는 음악적 현상 자체에만 매달리려고 합니다. 우리는 이 음악적 현상을 소리와 시간으로 이루어진 사색의 요소로서 공부할 겁니다. 우리는 여기서 창작 과정의 변증법을 끌어내고, 대조와 유사의 원칙에 대해서 말할 겁니다. 이 강의의 후반부는 음악의 요소들과 형태론에 할애하려고 합니다.

음악의 구성[7]은 세 번째 강의의 주제가 될 겁니다. 여기서는 다음과 같은 문제들을 다룰 텐데요. 작곡이란 무엇인가? 작곡가란 무엇인가? 작곡가는 어떻게 해서, 어느 선까지 창조자가 될 수 있는가? 이런 문제들을 고려함으로써 우리는 음악이라는 일의 형식적 요소들을 차례로 살펴볼 수 있을 겁니다. 그러자면 창의, 상상, 영감이라는 개념들을 상세히 규명해야 할 겁니다. 교양과 취향, 무질서와 대립되는 규칙과 법칙으로서의 질서, 그리고 필연의 왕국과 자유의 왕국이라는 대립 구도도 살펴보아야 할 겁니다.

네 번째 강의는 음악사를 거슬러 올라가면서 음악의 유형학을 다루어 보려고 합니다. 유형학은 어떤 분별의 방법론을 상정하는 선별 작업을 전제하는데요. 이 방법론이 우리에게 보여 주는 분석들은 결국 스타일의 문제, 나아가 형식적 요소들의 작용으로 이어집니다. 그러한 스타일과 형식적 요소들이 연달아 나타난 양상을 우리는 음악의 전기(biographie)라고 부를 수 있겠지요.

나는 이 네 번째 강의를 통해서 작금의 현실적인 문제들을 살펴볼 겁니다. 대중, 속물주의, 예술 후원, 부르주아 정신과 관련된 문제들 말입니다. 모더니즘과 아카데미즘, 그리고 고전파와 낭만파라는 영원히 거듭되는 문제도 살펴볼 생각입니다.

다섯 번째 강의는 러시아 음악을 전적으로 다루려 합니다. 나는 여기서 민속 음악과 러시아 음악 문화, 플레인찬트(그레고리오 성가)와 세속 음악 및 성가를 다룰 겁니다. 19세기 러시아 음악의 이탈리아주의, 게르만주의, 동방주의도 언급할 생각이고요. 보수적 러시아와 혁명적 러시아라는 두 개의 러시아, 두 개의 무질서에 대해서도 다뤄 볼 겁니다. 그리고 소련의 신(新)민속주의와 음악적 가치들의 퇴락을 이야기해 보겠습니다.

마지막이 될 여섯 번째 강의는 연주를 다룸으로써 특정한 음악 현상을 기술해 보겠습니다. 나는 엄밀한 의미에서의 연주와 해석이 어떻게 구분되는지 살펴볼 겁니다. 연주자와 청중에 대해서, 청중의 적극성과 수동성에 대해서, 그리고 몹시도 중요한 판단 혹은 비평의 문제를 고찰해 보겠습니다. 에필로그에서는 음악의 심원한 의미와 본질적인 목적을 규정하는 데 힘쓰겠습니다. 나는 음악의 목적이 인간이 자기 이웃, 나아가 존재(Être)와 화합하고 영적 교감(communion)에 이르도록 돕는 데 있다고 봅니다.

보다시피 내가 여러분을 위해서, 또한 바라건대 여러분과 더불어 시도하고자 하는 이 음악에 대한 '설명'은 종합 혹은 체계의 형태를 취할 겁니다. 이 체계는 음악적 현상에 대한 분석에서 시작해서 음악 연주의 문제로 귀결되겠지요. 내가 이런 유의 종합에서 가장 흔히 쓰이는 방법론을 택하지 않았다는 데 주목해 주십시오. 일반적인 것에서 시작해서 특수한 것으로 논지를 끌고 나가는 방법론을 쓰지 않는다 이 얘깁니다. 나는 좀 달리 해 보렵니다. 일종의 병행 관계, '동시화(synchronisation)' 방법론을 써 보려고 합니다. 다시 말해, 일반 원칙들과 개별적 사태들이 지속적으로 서로를 받쳐 줄 수 있도록 잘 합쳐 볼 생각입니다.

사물들을 '일차적/이차적'이니, '주(主)/종(從)'이니 하는 순전히 관습적인 범주들에 집어넣으며 구분하는 것은 어디까지나 실질적인 필요 때문이어야 합니다. 우리는 그 점을 알아야 해요. 나의 의도는 관련 요소들을 분리하는 것이 아니라 그것들을 구별하되 따로 놀지 않게 하는 것입니다.

현상들의 진정한 위계질서는 관계들의 진정한 위계질서가 그렇듯 관습적 분류와는 완전히 다른 차원에서 구체적인 모습으로 구현됩니다.

이러한 논지를 명쾌하게 드러내는 것이 내 강의의 성과가 되었으면 좋겠다는 희망을 품어 봅니다. 그러한 성과를 나는 간절히 바라 마지않습니다.

스트라빈스키, 「봄의 제전」

발레뤼스, 「봄의 제전」(1913년)
"「페트루슈카」, 「봄의 제전」, 「나이팅게일」은 모두
뿌리 깊은 변화들로 점철된 시대에 나온 작품들입니다.
그 변화들은 많은 것을 밀어 냈고, 수많은 이들을 혼란에 빠뜨렸지요."
「봄의 제전」 초연 무대는 그 파격적인 음악으로 인해 공연 도중 관객들이
반대파와 지지파로 나뉘어 서로 싸우는 와중에 간신히 막을 내렸다.

피나 바우슈, 「봄의 제전」(1989년)
"「봄의 제전」의 참신함은 작법, 악기 편성, 작품의 기술적 장치에 있는 것이 아니라, 음악적 실체에 있습니다." 「봄의 제전」은 지금도 다양하게 변주되고 있지만, 그 혁신적 정신은 변함없이 지속되고 있다. Photo © AGF s.r.l. / REX Shutterstock

2
시간 예술로서의 음악

"과거를 돌아봅시다,
그러면 진보가 있을 것입니다."

주세페 베르디

아주 흔한 예를 들어 보겠습니다. 우리는 산들바람이 나무를 스치고 가는 속삭임, 시냇물이 졸졸 흐르는 소리, 새의 지저귐을 들으면 기분이 좋아집니다. 그 모든 소리가 우리를 즐겁게 하고, 기분 전환이 되며, 우리 마음을 사로잡습니다. 그래서 "얼마나 아름다운 음악인가!"라는 말이 나오지요. 물론 이건 어디까지나 비유적으로 하는 말입니다. 자, 그런데 비유가 곧 증명은 아닙니다. 그러한 음향적 요소들은 음악을 환기시키지만 아직 음악이라고 할 수 없습니다. 그런 소리를 접하면서 우리가 기분이 좋아지고 왠지 우리가 음악가가 된 듯한 상상에 빠지더라도 소용없습니다. 심지어 잠시나마 창조적인 음악가가 된 듯한 기분이 들지라도 그건 솔직히 우리 자신을 기만하는 것밖에 되지 않죠. 그런 소리는 아직 음악의 약속에 불과하고, 그 약속을 지키려면 어떤 인간이 있어야 합니다. 자연의 모든 음성에 민감한 인간, 그뿐만 아니라 그 요소들을 배열하고 싶은 욕구를 느끼고 실제로 그렇게 할 수 있는 특별한 역량을 지닌 인간이 있어야만 해요. 내가 아직 음악이 아니라고 간주했던 모든 것이 그 인간의 손안에서 비로소 음악이 될 겁니다. 따라서 나는 음향적 요소들은 조직화될 때에만 음악이 되고 그러한 조직은 인간의 의식적인 활동을 전제한다고 결론을 내리겠습니다.

그러므로 단순한 소리들, 날것 상태의 음악적 재료들 자체도 우리 귀를 즐겁게 하고 꽤나 완전한 기쁨을 줄 수 있다는 것을 알 수 있는데요. 그렇지만 우리는 이 수동적인 향유를 넘어서야만 음악을 발견합니다. 우리로 하여금 배열하고 활기를 불어넣고 창조해 내는 정신 작용에 적극적으로 참여하게 만드는 음악을 말입니다. 이렇게 말하는 이유는, 모든 창조의 근원에서 발견할 수 있는 욕구가 지상의 양식에 대한 욕구와 다르기 때문입니다. 이리하여 자연의 선물에 인위적인 혜택이 더해지니, 이것이 곧 예술의 일반적인 의미가 되겠습니다.

새소리와 함께 우리에게 하늘에서 뚝 떨어지는 것은 예술이 아니기 때문입니다. 그러나 아주 간단한 조바꿈이라도 제대로 실행해 준다면 그건 이미 예술입니다. 여기에는 의심의 여지가 있을 수 없어요.

고유한 의미에서의 예술은, 배워서 습득하든가 창의적으

로 개발한 방법들에 의거하여 작품을 만들어 내는 방식입니다. 그리고 그 방법들은 작업의 정확성을 보장할 수 있게끔 엄격하고 일정해야 합니다.

신체적 눈의 시각이 그렇듯이 가까이 있는 것들만 제대로 분별하는 역사적 시각이 있습니다. 멀리 있을수록 우리가 파악하기 어렵기 때문에 우리 눈에는 얼핏 생명력과 유용한 의미를 박탈당한 모습으로만 보이는 것들이 있지요. 그 조상들의 보물과 우리 사이에는 수많은 장애물이 가로막고 있습니다. 그래서 그 보물이 우리에겐 이미 죽어 버린 현실의 면모로만 다가오는 겁니다. 그래도 지식보다는 직관에 힘입어 우리는 그 보물을 파악합니다.

따라서 음악적 현상의 기원을 이해하기 위해서 원시 의식이나 주술 방법을 연구한다든가 고대 마술의 비법을 통찰할 필요는 없습니다. 그런 식으로 역사, 아니 선사(先史)까지 거슬러 올라간다면 잡을 수 없는 것을 잡으려 애쓰느라 목표를 빗나가는 셈 아니겠습니까? 어떻게 한 번도 보지 못한 것을 온당하게 설명할 수 있겠습니까? 만약 그 같은 분야에서 오로지 이성만을 의지한다면 금세 기만에 빠지고 말 겁니다. 왜냐, 본능이 개입해서 밝혀 줘야 하는 면이 있거든요. 본능은 틀림이 없습니다. 본능이 우리를 속인다면 그건 이미 본능이 아니에요. 어쨌든 어떤 분야에서나 죽어 버린 현실보다는 생생한 환영이 훨씬 낫습니다.

하루는 '코메디프랑세즈' 단원들이 중세 비극을 연습하고 있었습니다. 저 유명한 배우 무네 쉴리[8]가 작가의 지문에 따라서 오래된 성경에 손을 얹고 맹세를 하는 장면이 있었습니다. 공연 연습에서는 성경 책 대신에 전화번호부를 소품으로 썼습니다. 무네 쉴리는 "오래된 성경에 손을 얹으라고 지문에 나와 있잖소! 성경 책을 가져와요!"라고 고함을 질렀다지요. 코메디프랑세즈 총지배인 쥘 클라레티는 황급히 자기 서재에 가서 아주 오래전에 출간된 구약, 신약 합본 성경을 찾아와 의기양양하게 배우에게 내밀었습니다. "자, 여기 대령했소, 원로 단원 양반, 15세기 성경이올시다." 그러자 무네 쉴리는 이렇게 말했다고 합니다. "15세기! 하지만 당시에는 이것도 새 성경이었을 텐데……."

무네 쉴리가 맞는 말을 했다고 볼 수도 있습니다. 하지만 그는 고고학에 지나치게 큰 의미를 부여했어요.

과거는 우리가 완전히 파악할 수 없습니다. 과거는 우리에게 어수선하게 흩어진 것들만을 제공합니다. 그것들이 어떻게 연결되는지는 우리 이해에서 벗어납니다. 상상력은 대개 기존의 이론들을 동원해서 빈틈을 메웁니다. 가령 유물론자는 동물 종의 진화에서 원숭이가 인간보다 앞서 등장했다는 다윈의 이론에 호소할 겁니다.

요컨대, 고고학은 우리에게 확실성이 아니라 모호한 가설을 제공합니다. 어떤 예술가들은 그러한 가설의 그늘 아래서 꿈을 꾸기 좋아합니다. 그러한 가설을 과학적 요소라기보다는 영감의 출처로 간주하는 셈이지요. 음악에서나 조형 예술에서나 그러한 사정은 비슷합니다. 어느 시대에나 화가들은, 물론 우리 시대의 화가들도 포함해서, 그런 식으로 시공간을 넘나드는 몽상을 펼쳤고 의고주의와 이국 취향에 차례차례 빠지든가 동시에 그 둘 다에 넘어가곤 했습니다.

그러한 경향 자체는 찬양할 것도, 비난할 것도 아닙니다. 다만 그러한 상상의 여행은 정확성에 도움이 안 되고 음악에 대해 더 잘 알게 해 주는 것도 아니라는 점만 기억해 둡시다.

첫 번째 강의에서 구노의 「파우스트」라는 놀라운 예를 살펴보았지요. 70여 년 전, 그러니까 초연 당시의 관객들은 「파우스트」가 지닌 멜로디의 매력을 반박했고 이 작품의 독창성에도 무감각하기만 했습니다.

이런 판국에 우리가 옛 음악에 대해서 무슨 말을 할 수 있을까요? 어떻게 합리적인 이성만을 도구 삼아 옛날 음악을 판단할 수 있답니까? 왜냐, 여기선 우리의 본능이 작용하지 못하거든요. 조사에 빠져서는 안 될 요소, 다시 말해 음악 그 자체에 대한 감각적인 느낌이 아예 없단 말입니다.

나 자신은 오래전부터 경험적으로 알게 되었습니다. 모든 역사적 사실은 최근 일이든 오래전 일이든 창조적 능력을 뒤흔드는 자극이 될 수 있지만 난관을 물리치는 데에는 결코 도움이 되지 않는다고요.

지금 당장 통용되는 것만을 견고한 기반으로 삼을 수 있습니다. 더 이상 쓰이지 않는 것은 우리에게 직접적인 도움이 되지 못해요. 그러니까 어느 시점 이상으로 거슬러 올라가 음악에 대해서 성찰을 하려고 해 봤자 소용이 없습니다.

명심하세요, 사실 현재 통용되는 의미에서의 음악은 모든 예술 분야 가운데 가장 뒤늦게 나왔습니다. 물론 음악의 기원 자체는 인간의 기원만큼이나 오래됐지만요. 음악사를 14세기 이전까지 거슬러 올라가려고 하면 물리적인 한계에 부딪혀 멈출 수밖에 없습니다. 해독을 해야 할 판국에 그러한 난관 때문에 이런저런 추정만 내놓게 되지요.

나는 음악적 현상이 온전한 인간에게서 나오는 한에서만 그 현상에 관심이 가기 시작합니다. 여기서 온전한 인간이라 함은 우리의 모든 감각 수단, 심리적 역량, 지적 능력을 갖춘 인간을 뜻합니다.

오직 그러한 인간만이 고차원적인 사변의 수고를 감당할 수 있습니다. 이제 우리는 이 사변에 주목해야겠습니다.

그 이유는 음악적 현상이 사변적 현상과 다르지 않기 때문입니다. 이 말을 듣고 화들짝 놀랄 이유는 전혀 없습니다. 이 표현은 그저 음악 창작의 바탕에는 사전 탐구가 전제되어 있다는 뜻이니까요. 구체적인 질료에 형상을 부여하기 위해서 일단 추상(abstrait)으로 나아가려는 의지가 있다는 얘깁니다. 이 사변이 반드시 겨냥해야 할 요소들은 '소리'와 '시간'입니다. 음악은 소리와 시간이라는 두 요소를 떠나서 생각할 수 없습니다.

발표의 편의상, 먼저 시간에 대해 얘기해 볼까요.

조형 예술은 공간 속에서 제시됩니다. 조형 예술의 경우, 우리는 먼저 전체적인 인상을 받고 그다음에 시간을 두고 차츰 디테일을 발견하게 되지요. 그러나 음악은 흐르는 시간 속에 수립되기 때문에 기억력의 주의를 요합니다. 결과적으로 회화가 '공간(spatial)' 예술이라면 음악은 '시간적 순서의(chronique)' 예술이에요. 음악은 다른 어떤 것보다도 일종의 시간적 조직, 신조어를 써서 표현해 본다면 '크로노노미(chrononomie)'[9]에 해당합니다.

소리의 움직임에 질서를 부여하는 법칙은 일정하고 측정 가능한 값이 있어야만 나올 수 있습니다. 그 값에 해당하는 것이 '박자'라는 순전히 물리적인 요소인데요, 리듬이라는 순전히 형식적인 요소는 이러한 박자들로 이루어집니다. 달리 말하자면, 박자는 우리가 소절이라고 부르는 음악적 단위가 몇 개의 동일한 부분으로 나뉘어 있는지 알려 줍니다. 그리고 리듬은 어느 한 소절 안에서 그 동일한 부분들이 어떤 식으로 묶여 있는가를 알려 주지요. 가령 네 박자짜리 한 소절은 두 박자, 두 박자로 가든가 한 박, 두 박, 다시 한 박으로 가든가, 그 외 여러 가지 양상이 있을 수 있습니다.

이처럼 박자 자체는 대칭의 요소를 제공할 뿐이고 양(量)들의 합을 전제하지만 리듬에 필수적으로 쓰입니다. 리듬의 소임은 소절이 제공하는 양들을 나누어서 움직임에 질서를 부여하는 것이고요.

재즈 음악에서 솔로 무용수나 연주자가 고집스럽게 불규칙한 강세를 표현하는 동안에도 우리 귀는 타악기 주자의 규칙적인 리듬 반주를 놓치지 않습니다. 누구나 그런 음악을 들을 때면 뭔가 어지럽지만 재미있다는 기분이 들지 않나요?

우리는 이런 유의 인상에 어떻게 반응합니까? 그러한 리듬과 박자의 충돌 속에서 무엇이 우리에게 더 크게 다가옵니까? 바로 규칙성에 대한 강박입니다. 시간적으로 일정한 간격을 유지하는 울림이 여기서 독주자의 색다르고 기발한 리듬을 더욱 돋보이게 해 주지요. 놀라움을 결정하고 예상치 못한 것을 만들어 내는 것은 그 등시적(等時的) 리듬이에요. 다들 잘 생각해 보면 알 겁니다. 그러한 리듬이 실제로 받쳐 주든가 가정적으로 전제되지 않는 한, 예상을 벗어나는 리듬은 의미를 파악할 수도 없고 즐길 수도 없어요. 창의적인 리듬의 의미를 우리에게 알려 주는 것이 바로 박자의 맥동(脈動)입니다. 이때 우리는 하나의 관계를 향유하는 셈이지요.

이 예는 박자와 리듬의 관계를 위계적인 차원에서나 시간적 법칙 차원에서나 충분히 규명해 준다고 봅니다.

이제 리듬에 대해 웬만큼 알게 됐으니 누군가가 우리에게 '빠른 리듬'이 어쩌고저쩌고 한다면 뭐라고 말할 겁니까? 그런 말, 굉장히 자주 들을 수 있잖아요? 분별깨나 있다는 사람들이 어떻게 그런 말실수를 할 수가 있을까요? 사실, 빠르기를 달리한다고 해서 움직임의 양상이 변하는 건 아니잖아요. 내가 미국 국가를 두 배 빠르게 부른다고 칩시다. 나는 '템포'를 바꾼 것이지, '리듬'을 바꾼 것이 아닙니다. 음가들의 관계는 그대로이니까요.

아주 기초적인 문제이지만 잠시 시간을 들여 살펴보았습니다. 음악 용어를 알지도 못하면서 잘못 쓰는 사람들이 그러한 기초적인 문제를 왜곡하는 감이 있기 때문입니다.

좀 더 까다로우면서 정말로 중요한 것은 시간이라는 특수한 문제, 음악적 '크로노스(χρόνος)'의 문제죠. 최근 나와 절친한 러시아 철학자 피에르 수브친스키[10]가 이 주제로 매우 흥미로운 연구를 발표했습니다. 수브친스키의 생각이 나의 생각과 굉장히 흡사하기 때문에 여기서 그의 논지를 간단히 말해 보면 좋을 듯합니다.

그는 음악적 창작을 타고난 직관과 가능성의 복합물로 간주합니다. 그 복합물은 무엇보다도 시간, 즉 크로노스에 대한 순수한 음악적 경험에 바탕을 두지요. 음악 작품은 우리에게 크로노스의 기능적인 실현을 제공할 뿐입니다.

시간이 주체가 속으로 느끼는 기분과 그의 의식에 영향을 주는 사건에 따라서 빨리 흐르기도 하고 느리게 가기도 한다는 것은 누구나 다 압니다. 기다림, 권태, 불안, 쾌감, 고통, 관조가 각기 우리 삶의 범주들처럼 작용하고 그러한 각각의 범주에 고유한 심리적 과정, 특수한 템포가 있는 것처럼 보이지요. 이 같은 심리적 시간의 변동성은 의식적으로든 무의식적으로든 실시간, 존재론적 시간에 대한 원초적인 느낌과 비교할 때에만 감지할 수 있습니다.

음악적 시간 개념이 특수한 것은, 이 개념이 심리적 시간의 범주들 밖에서 태어나고 발전할 수도 있고 그 범주들과 동시에 태어나고 발전할 수도 있다는 겁니다.

모든 음악은(시간의 정상적 흐름에 종속되어 있든 그 흐름에서 벗어나 있든) 시간 흐름(음악의 지속 시간)과 소재 및 기법(음악을 만드는 수단) 사이에 아주 특수한 관계, 일종의 대위법을 구축합니다.

수브친스키 선생은 그래서 두 종류의 음악을 제시합니다. 한 음악은 존재론적 시간 진행과 나란히 나아갑니다. 그러한 진행에 잘 결합하고 파고들어 가 듣는 이가 복된 기분, 말하자면 '역동적인 평온'을 느끼게 하는 음악이지요. 또 다른 음악은 그러한 시간 진행을 앞서가거나 거스릅니다. 음악이 소리의 순간순간에 착 달라붙질 않죠. 이건 인력(引力), 중력의 중심을 이동시키고 불안정한 가운데 자리를 잡는 음악입니다. 그래서 작곡가의 정서적 충동을 나타내기에 특히 적합한 음악이기도 하고요. 표현의 의지가 지배하는 음악은 모두 이 두 번째 유형에 속합니다.

음악 예술에서 이 시간의 문제는 그 무엇보다 중요합니다. 이 문제에 대한 성찰은 우리가 네 번째 강의에서 보게 될 다양한 유형의 작곡가들을 이해하는 데에도 도움이 되기 때문에 내가 강조를 해 두는 것이 좋겠다 싶었습니다.

존재론적 시간과 이어져 있는 음악은 대개 유사의 원칙을 따릅니다. 반면, 심리적 시간과 결합한 음악은 기꺼이 대조를 활용하지요. 창작 과정을 지배하는 이 두 원칙들에 통일성과 다양성이라는 기본 개념들이 각기 상응합니다.

모든 예술은 이 원칙에 의지해 왔습니다. 조형 예술에서는 다색 기법과 단색 기법이 다양성과 통일성에 해당했지요. 나 개인적으로는 대체로 대조보다는 유사를 활용하는 진행이 더 유리하다고 늘 생각해 왔습니다. 이 경우, 음악이 다양성의 유혹을 포기하는 만큼 건실해질 수가 있습니다. 이론의 여지가 있는 풍부함을 잃는 대신에 진정한 견고함을 얻는 셈이지요.

대조는 즉각적인 효과를 낳습니다. 유사는 장기적으로만 우리에게 만족을 줍니다. 대조는 다양성의 요소입니다만 주의력을 흐트러뜨리죠. 유사는 통일성을 지향하는 자세에서 비롯됩니다. 다양성을 주고 싶은 욕구는 더없이 정당합니다만, 일자(一者)가 먼저 있어야 다자(多者)가 있다는 점을 잊어서는 안 됩니다. 더욱이 일자와 다자는 늘 공존할 필요가 있지요. 예술의 모든 문제들, 나아가 가능한 모든 문제들이(앎의 문제, 존재의 문제까지도) 늘 이 문제로 기어이 돌아가고 맙니다. 다자의 가능성을 부정했던 파르메니데스에서 일자의 존재를 부정했던 헤라클레이토스에 이르기까지 모두가 이 문제의 주위를 맴돌았죠. 단순한 상식과 가장 드높은 지혜가 일자와 다자를 모두 긍정한다는 점에서 만납니다. 마찬가지로, 이 경우에 작곡가가 취할 수 있는 최선의 태도는 가치들의 위계를 의식하면서 선택하는 것입니다. 다양성은 유사성을 추구하는 수단으로서만 가치가 있습니다. 다양성은 사방에 포진해 있습니다. 다양성과는 쉴 새 없이 마주치기 때문에 행여 모자랄까 걱정할 필요가 없어요. 대조는 도처에 널렸습니다. 그냥 확인하기만 하면 돼요. 유사성은 숨겨져 있기 때문에 발견하는 것이 중요합니다. 나는 내 노력을 한계까지 밀어붙인 후에야 유사성을 발견합니다. 다양성의 유혹이 마음을 끌 때에는 그러다가 내가 너무 쉽게 가 버리지 않을까 우려합니다. 반면, 유사성은 더 어려운 해법을 제안하지만 더 건실한 성과, 내가 생각하기에 더 귀중한 성과를 냅니다.

물론 우리가 여기서 이 영원한 주제를 남김없이 파헤칠 수는 없습니다. 이 주제는 나중에 또 다루기로 합시다.

여기가 무슨 음악원도 아닌데 음악 교육으로 여러분을 지루하게 만들 생각은 없습니다. 대부분 알고 있을 법한 기본 개념들을 새삼 일깨우는 것은 내 소관이 아닙니다. 필요하다면 아무 교재나 들춰 봐도 그런 개념들의 명확한 정의를 찾을 수 있을 겁니다. 음정, 화음, 선법, 화성, 전조, 음역, 음색은 전혀 애매한 개념들이 아니기 때문에 다루지 않겠습니다만, 혼동을 낳을 수 있는 몇몇 음악 용어들에 대해서는 아까 '크로노스' 얘기를 하면서 박자와 리듬을 설명했던 것처럼 오해의 여지를 없애고자 노력해 보겠습니다.

여러분 모두 알다시피 음들이 이루는 계열은 음악 예술의 구체적인 토대입니다. 또한 다들 알다시피 음계는 자연이 제공하는 순서와 다르게 배치된 전음계(全音階)에 따른 배음열의 음들로 이루어집니다.

두 음 사이의 높낮이 관계를 음정이라고 한다는 것, 높이가 서로 다른 음이 최소한 세 개가 동시에 울림으로써 이루어지는 소리의 복합물을 화음이라고 한다는 것도 여러분은 알고 있겠지요.

여기까지는 아무 무리가 없고 모두가 명쾌하게 알 수 있습니다. 그러나 협화음과 불협화음은 다분히 편향적인 해석을 낳을 여지를 주기 때문에 시급히 짚고 넘어가야겠습니다.

사전은 협화음을 여러 음이 하나의 조화로운 일체를 이루는 것이라고 정의합니다. 불협화음은 이질적인 음이 끼어들어서 그 조화를 깨뜨리는 것이고요. 솔직히 말해서 사정이 그렇게 항상 명확하게 딱 떨어지지지만은 않습니다. 불협화음이라는 단어는 우리의 용어집에 처음 들어올 때부터 막연한 죄의 냄새를 풍겼더랬지요.

확실하게 알아봅시다. 학교에서는 불협화음을 어떤 이행의 요소, 그 자체로 충분하지 않은 소리의 복합물 혹은 음정이기 때문에 우리 귀에 아름답게 들리려면 결국 완전 협화음으로 해결되어야 한다고 가르칩니다.

그런데 우리 눈이 데생을 감상하면서 화가가 일부러 다 그려 넣지 않은 선들을 알아서 짐작해 내듯 우리 귀도 화음을 완성하고 미처 실현되지 않은 해결을 대체할 수가 있습니다. 이 경우, 불협화음은 암시의 역할을 합니다.

어쨌든 이 모든 것은 불협화음이 분명히 해소될 필요가 있는 스타일을 전제합니다. 그렇지만 반드시 휴식에서만 만족을 추구하라는 법이 있습니까. 음악은 이미 한 세기 전부터 불협화음을 자유롭게 풀어 주는 스타일을 다양한 예로 보여 주고 있습니다. 이제 불협화음은 과거에 담당하던 역할에만 묶여 있지 않아요. 불협화음은 이제 그 자체로 버젓한 것이 되었기에 그 무엇도 예비하거나 예고하지 않습니다. 따라서 불협화음을 무질서의 요인으로 보고 협화음이 안전을 보장하는 것처럼 볼 수도 없단 말이죠. 과거와 오늘날의 음악은 거리낌 없이 불협화음들을 평행 진행시키는데, 이때 불협화음들은 기능적 가치를 잃어버리고, 우리 귀도 나란히 놓이는 불협화음들을 자연스럽게 받아들입니다. 아마 대중에 대한 교육과 지도가 음악 기법의 발전을 따라잡지 못한 탓이겠지요. 불협화음을 받아들일 준비가 잘 되어 있지 않은 사람이라면 파격적인 불협화음의 사용에 틀림없이 혼란스러워할 겁니다. 뭐가 불협화음이고 뭐가 협화음인지도 모를 무기력 상태를 야기하겠지요.

따라서 우리는 이제 학교에서 가르치는 고전적인 조성의 틀 안에 머물 수 없습니다. 우리가 이런 상황을 만든 게 아니니까 우리가 과거의 대가들은 상상도 할 수 없었을 새로운 음악의 논리를 마주하더라도 우리 잘못은 아닙니다. 그리고 이 논리 덕분에 우리는 과거에 짐작조차 하지 못했던 풍부함에 눈뜨게 되었지요.

이 시점에 이르러 새로운 우상이 아니라 음악의 축을 건실하게 다질 영원한 필요성에 복종하고 마음을 끌어당기는 어떤 극(極)들을 알아보지 않을 수 없습니다. 조성은 음악을 그 극들로 향하게 하는 수단일 뿐입니다. 조성의 기능은 전적으로 소리의 극이 끌어당기는 힘에 종속되어 있습니다. 모든 음악은 휴식이라는 명확한 한 점으로 수렴하는 일련의 도약들에 불과합니다. 그 점에서는 그레고리오 성가와 바흐의 푸가, 브람스의 음악과 드뷔시의 음악이 다 마찬가집니다.

이러한 인력의 일반 법칙에 전통적인 조성 체계는 일시적인 만족밖에 주지 못했습니다. 그러한 체계가 절대적인 가치를 지니지는 않기 때문이지요.

오늘날 이러한 사정을 모르는 음악가는 거의 없습니다. 그러나 이 새로운 기법을 지배하는 규칙들을 아직 다 파악하지 못한 것도 사실입니다. 게다가 이건 놀랄 일도 아니죠. 우리가 현재 음악학교에서 가르치는 화성학의 규칙들은, 실제 그러한 규칙들이 사용된 작품들이 발표되고 나서도 한참 후에야 정립되었습니다. 옛 작곡가들은 그런 규칙들을 의식적으로 알지 못하면서도 작품에 써먹었던 겁니다. 그래서 우리의 화성론은 모차르트와 하이든을 참조하지만 정작 그 작곡가들은 그런 화성론에 대해 들어 본 적도 없었습니다.

따라서 우리의 관심을 끄는 것은 엄밀한 의미에서의 조성이 아니라 소리나 음정이 띠는 극성(polarité), 나아가 음들의 복합물이 띠는 극성이라고 하겠습니다. 음의 극성은 어떤 면에서 음악의 기본 축이지요. 끌어당기는 힘의 요소들 없이는 음악의 형식을 생각할 수도 없을 겁니다. 그 요소들이 모든 유기적인 음악을 구성하고 그 음악의 심리와 연계됩니다. 음악적 담화의 유기적 결합은 조성의 작용과 템포 사이의 숨겨진 상호 관계를 드러내지요. 모든 음악은 도약과 휴식의 배열과 다르지 않기에, 끌어당기는 극들이 서로 가까워지느냐 멀어지느냐에 따라서 음악의 호흡이 결정된다는 것은 쉽게 이해할 수 있겠지요.

끌어당기는 극들이 더 이상 조성 체계라는 폐쇄적 체계의 중심에 있지 않으므로 우리는 조성의 요구에 복종하지 않고도 그 극들을 합류시킬 수 있습니다. 왜냐하면 우리는 이제 음악학자들이 말하는 C 스케일에 근거한 장조/단조 체계의 절대적 가치를 믿지 않기 때문입니다.

악기의 조율, 가령 피아노를 조율할 때라면 그 악기로 접근 가능한 모든 소리가 반음계적 음정에 따라 배열될 수 있어야 합니다. 이렇게 악기를 조율하면서 우리는 모든 소리가 하나의 중심으로 수렴된다는 것을 확인하는데요, 그 중심이 바로 기준음 A(라)입니다. 나에게 작곡은 다수의 소리를 어떤 음정 관계에 따라 배열하는 작업입니다. 그러한 활동은 자연스럽게 나의 작업이 끌어들이는 일련의 소리들이 수렴하는 중심이 어디인가를 찾게 만듭니다. 따라서 어떤 중심이 주어졌다면 거기에 수렴하는 소리들의 조합을 찾아야겠지요. 혹은 이미 존재하되 아직 아무런 질서가 부여되지 않은 조합이 지향해야 할 중심을 결정해 주든가 해야겠지요. 나는 이 중심에서 해법의 암시를 봅니다. 요컨대 그런 식으로 일종의 음악적 지형학에 대한 나의 예리한 감각을 만족시키는 겁니다.

강력한 이점을 지닌 음악적 구성의 토대로 쓰였으나 이제 노후한 그 체계는 우리가 흔히 생각하는 것보다 훨씬 짧은 기간 동안만 음악가들에게 법으로 통했습니다. 고작해야 17세기 중반에서 19세기 중반까지죠. 화음이 조성적인 작용이 부여하는 역할을 감당하는 데 그치지 않고 모든 제약을 벗어나 새로운 실체가 되면서부터, 화음이 그렇게 모든 약속에서 풀려난 때부터 그 과정은 완수되었습니다. 문제의 조성 체계가 수명을 다했다는 뜻이에요. 르네상스 시대 다성 음악가들의 작품은 아직 그 체계에 들어와 있지 않았습니다. 또한 이제 우리 시대의 음악도 그 체계에 속하지 않는다는 것은 다들 알고 있겠지요. 9도 화음들의 평행 진행은 그 증거로 보기에 충분합니다. 바로 여기서 '무조성(atonalité)'으로 가는 문이 열리지요. 무조성이라는 단어 자체는 잘못된 감이 없지 않지만 말입니다.

이 표현은 아주 유행하고 있습니다. 유행하는 말이라고 해서 명쾌하지는 않지만요. 나는 무조성 운운하는 사람들이 도대체 무슨 뜻으로 이 말을 사용하는지 알고 싶습니다. 결여를 뜻하는 접두사 'a-'는 무관심한 상태를 가리킵니다. 'a-' 뒤에 붙는 단어를 반박하거나 비난하지 않고 그냥 무효화하는 거죠. 이렇게 생각해 본다면 무조성이라는 단어는 사람들이 흔히 사용하는 의미와 전혀 맞지 않아요. 누가 내 음악을 두고 무조적이라고 한다면 그건 내가 조성에 민감하게 주의를 기울이지 못했다는 뜻으로 하는 말이겠지요. 하지만 내가 새로운 질서를 수립하기 위해 다분히 의식적으로 그 질서를 깨뜨렸을지라도 사실은 꽤 오랫동안 조성의 엄격한 질서 안에 머물렀을 수가 있습니다. 이 경우, 나는 무조적(a-tonal)이라기보다는 반조적(anti-tonal)이라고 해야겠지요. 여기서 쓸데없이 단어들을 가지고 물고 늘어질 생각은 없습니다. 그래도 무엇을 부정하고 무엇을 긍정하는지는 알아야지요.

선법, 조성, 극성은 그저 일시적인 방편들에 불과합니다. 지나가고 있든가, 장차 지나가 버릴 방편들이지요. 체계의 오만 가지 변화에도 살아남은 것은 멜로디입니다. 중세와 르네상스의 대가들은 바흐나 모차르트 못지않게 멜로디에 공을 들였습니다. 나의 음악적 지형학은 멜로디만을 각별히 고려하지 않습니다. 선법 혹은 조성 체계 안에서 멜로디에 부여되는 딱 그만큼의 위치를 마련해 놓을 뿐이지요.

학문적으로 말하자면 멜로디는 다성 음악(polyphonie)에서 가장 높은 소리가 차지하는 부분이지요. 다성 음악에서의 멜로디는 보통 모노디(monodie)라고 부르는 무반주 노래와 다릅니다.

멜로디, 그리스어 '멜로디아(μελωδία)'는 단편, 문장을 이루는 부분를 뜻하는 '멜로스(melos)'의 노래입니다. 바로 이 부분들이 우리 귀에 다가와 음의 억양 표현을 뇌리에 남기는 겁니다. 그러니까 멜로디는 '리듬이 붙은(cadencé)' 악절의 노래라고 할 수 있는데요. 여기서 'cadencé'라는 단어는 음악에서의 특수한 의미가 아니라 일반적인 의미로 쓰였음을 일러 둡니다. 멜로디의 자질은 하늘이 내리는 선물입니다. 우리가 공부를 해서 그 자질을 계발할 수는 없다는 뜻이에요. 하지만 적어도 멜로디의 진행은 통찰력 있는 비판을 통해 웬만큼 감당할 수 있습니다. 베토벤의 예는 우리를 납득시키기에 충분합니다. 음악의 모든 요소 가운데 멜로디만큼 귀에 잘 들어오는 것도 없고 또 그만큼 후천적으로 습득하기 어려운 것도 없어요. 가장 위대한 음악인의 한 사람이면서도 평생 자신에게 부족했던 그 자질을 간절히 청했던 예가 바로 베토벤입니다. 그래서 이 놀라운 귀머거리 음악가는 마치 장님이 어둠 속에서 청각적 능력을 예리하게 계발하듯 자신에게 모자란 그 단 하나의 저항에 비례하여 여타의 비범한 능력들을 계발해 냈습니다.

다들 잘 알다시피 독일인들은 위대한 4인의 B.를 높이 기립니다. 우리는 좀 더 단출하게, 우리의 논의에 부합하는 두 명의 B.만 다루어보겠습니다.

베토벤이 부분적으로는 멜로디적인 재능의 부족에서 그 풍부한 음악을 끌어내어 세상에 내놓았을 무렵, 또 다른 작곡가가 있었습니다. 그의 업적은 본의 마에스트로의 업적에 견줄 바가 못 되었습니다만 드물게도 귀하고 유려한 멜로디를 지치지 않고 생산하여 바람결에 날려 보냈지요. 그는 멜로디를 공으로 얻어 공으로 나눠주었고 그 멜로디를 자기가 만들어 냈다는 생각조차 하지 않았습니다. 베토벤은 음악에 오로지 집요한 노동으로만 얻을 수 있는 유산을 남겨 주었습니다. 벨리니는 '베토벤에게 부족한 바로 그것을 다 너에게 주마.'라는 하늘의 명을 받기라도 한 듯 굳이 갈급하게 구하지 않고도 멜로디를 받았습니다.

진지한 음악 애호가들을 지배하는 주지주의(主知主義)의 영향으로, 멜로디를 얕잡아 보는 태도가 잠시 유행했지요. 멜로디가 음악을 구성하는 요소들의 위계에서 가장 꼭대기를 차지해야 한다는 일반 대중의 견해에 나도 이제 슬슬 동의하게 되었습니다. 멜로디는 그 요소들 중에서 가장 중요합니다. 멜로디가 더 직접적으로 지각되기 때문은 아닙니다. 멜로디는 본래의 의미에서나 비유적 의미에서나 관현악을 지배하는 목소리라고 할 수 있기 때문이에요.

더욱이 그렇다고 해서 멜로디에 취해 균형을 잃고 음악

예술이 하나의 전체로서 우리에게 말을 건다는 사실을 망각해도 좋을 이유는 없습니다. 다시 한번 베토벤을 생각해 보세요. 그의 위대함은 자기 마음대로 되지 않는 멜로디와의 악착같은 투쟁에서 비롯됩니다. 멜로디가 곧 음악이라면 베토벤의 방대한 작품을 구성하는 다양한 장점들 중에서 무엇을 찬양할 수 있겠습니까? 분명히 그 장점들 가운데 멜로디는 가장 처지는 축에 들 테니 말입니다.

멜로디를 정의하기는 쉽지만 멜로디의 아름다움을 낳는 특성들을 파악하기란 쉽지 않습니다. 어떤 가치에 대한 평가 그 자체도 평가의 대상이 되지요. 이 문제에 관해서 우리가 쥐고 있는 유일한 척도는 섬세한 교양에 달려 있는데, 그러한 교양은 다시 훌륭한 취향을 전제합니다. 요컨대, 여기서는 상대성을 제외한 그 무엇도 절대적이지 않습니다.

조성 혹은 극성의 체계는 어떤 질서에 도달하기 위해 주어질 뿐입니다. 결론적으로 말해서, 창작의 노력이 귀결되는 하나의 형식으로 가기 위한 거예요.

모든 음악 형식을 통틀어 전개라는 관점에서 가장 풍부하다고 볼 만한 것은 교향악(symphonie)입니다. 보통 이 단어는 여러 부분들로 이루어진 하나의 악곡, 즉 '교향곡'을 가리키곤 하는데요. 그러한 부분들 중에서 작품에 교향악적 특질을 부여하는 것이 바로 '알레그로' 악장이지요. 대개 작품의 첫 부분에 위치하며 음악적 변증법의 요구를 충족시킴으로써 '교향곡'이라는 명칭이 무색해지지 않게 하는 악장입니다. 이 변증법의 핵심은 중간 부분, 즉 전개부에 있습니다. 바로 이 교향곡의 알레그로 악장, 다른 말로 '소나타알레그로'가 기악 음악 전체를 수립할 형식을 결정합니다. 독주 악기의 소나타에서부터 다양한 형태의 실내악(삼중주, 사중주 등)을 거쳐 대규모 오케스트라를 위한 방대한 악곡들에 이르기까지, 우리가 아는 모든 기악이 그 형식에 의거하여 구축되는 거예요. 그러나 내 강의의 목표에 부합하지 않는 음악 형태론을 물고 늘어져 여러분을 지루하게 만들고 싶진 않습니다. 이 주제에 대해서는, 다른 예술 분야들에서도 그렇듯이 음악에도 형식들의 위계질서라고 할 만한 것이 있다고 언급해 두는 선에서 그치겠습니다.

기악 형식과 성악 형식의 구분은 다들 익히 아는 바입니다. 기악적 요소는 성악적 요소가 갖지 못하는 자율성을 누립니다. 성악적 요소는 언어에 매여 있기 때문에 그럴 수가 없죠. 역사적으로 이 두 요소는 각자 자기가 낳은 음악 형식들에 자기 흔적을 확실히 남겼습니다. 따지고 보면 그러한 구분은 인위적인 범주들에 불과하지만요. 형식은 소재에서 나옵니다만 소재는 기꺼이 다른 소재들이 개발한 형식들도 빌려다 씁니다. 그래서 스타일의 혼합은 늘 있게 마련이고 스타일을 딱 떨어지게 분별하기란 불가능합니다.

문화의 거대 중심들, 가령 교회는 과거 성악 예술을 반겨 맞아들이고 널리 전파했습니다. 지금의 합창단들은 더 이상 그런 과업을 감당하지 못하고 있지요. 옛 작품을 유지하고 제안하는 역할로 축소되었기 때문에 과거와 동일한 역할을 하고 있노라 주장할 수 없을 겁니다. 다성 합창의 발전이 꽤 오랫동안 중단되었던 것이 그 원인입니다. 노래가 점점 더 가사와 긴밀하게 이어지면서 결국 빈 곳을 채우는 수단 정도로 전락함으로써 빼도 박도 못하게 쇠퇴한 거죠. 노래는 가사의 의미를 표현해야 한다는 임무를 띠면서부터 음악의 영역을 떠났고 그 영역과의 접점을 다 잃었습니다.

　　노래의 쇠퇴만큼 바그너와 그가 풀어 놓은 질풍노도 (Sturm und Drang)[11]의 위력을 더 분명하게 보여 주는 것은 없습니다. 바그너는 자신의 작품 속에서 그 쇠퇴를 확고한 것으로 만들었고 바그너 이후로 그 쇠퇴는 계속 뚜렷해지기만 했습니다. 이 인물이 도대체 얼마나 강력했기에 하나의 본질적인 음악 형식을 그렇게 엄청난 에너지로 파괴할 수 있었을까요. 바그너가 죽은 지 50년이 됐지만 아직도 우리는 악극의 소음과 잡동사니에 깔려 힘을 못 쓰고 있습니다. 종합예술론(Gesammt Kunstwerk)의 위엄은 여전히 서슬 퍼렇게 살아 있으니까요.

　　이것이 이른바 진보일까요? 어쩌면 그럴지도 모릅니다. 작곡가들이 베르디의 이 존경스러운 지침에 따라 무거운 유산을 벗어던질 기력을 찾을 수만 있다면 말입니다. "과거를 돌아 봅시다, 그러면 진보가 있을 것입니다!"(Torniamo all'antico e sarà un progresso!)

3
작곡가의 창조적인 상상

"우리는 새것을 만들기 위해서
전통을 회복하는 것이다."

요하네스 브람스

우리는 인간 조건이 근본부터 흔들리는 시대를 살고 있습니다. 현대인은 가치들에 대한 이해와 균형 감각을 잃어 가고 있지요. 중대한 현실들을 제대로 이해하지 못한다는 것은 굉장히 심각한 문제입니다. 그렇게 되면 결국 우리는 인간적인 균형의 근본 법칙들을 어기게 되고 말 테니까요. 음악이라는 영역에서 그 결과는 다음과 같습니다. 일단 내가 음악적 고등 수학이라고 부르고 싶은 것을 외면하고, 음악을 굴욕적인 고용 상태에 빠뜨리고 아주 단순한 실리주의의 요구에 종속시키는 모습이 나타납니다. 우리는 앞으로 소련 음악을 다루면서 이러한 모습을 보게 될 겁니다. 다른 한편으로, 정신 그 자체가 병든 탓에 우리 시대의 음악, 특히 '순수' 음악으로 분류되고 스스로도 순수하다고 생각하는 음악이 병적 손상의 징후들을 자체적으로 품고 새로운 원죄의 씨앗을 퍼뜨립니다. 과거의 원죄는 기본적으로 앎(connaissance)의 죄였습니다. 내가 이렇게 말해도 좋을지 모르지만 새로운 원죄는 일단 무엇보다 알아보지 못함(non-reconnaissance)의 죄입니다. 진리, 그리고 그 진리에서 도출되는 법칙들, 우리가 근본적이라고 보는 법칙들을 알아보지 못하는 죄 말입니다. 그렇다면 음악에서 그 진리란 무엇일까요? 진리는 창작 활동에 어떤 반향을 미칠까요?

성경에 기록된 바를 잊지 맙시다. "영(Esprit, 정신, 숨, 바람)은 불고 싶은 곳으로 분다."(『요한의 복음서』 3장 8절.) 우리가 이 명제에서 눈여겨봐야 할 것은 무엇보다 '~하고 싶어 하다'라는 단어입니다. 영에 '의지'라는 역량이 있다는 뜻이지요. 사변적 의지의 원칙은 실제 사실입니다.

그런데 바로 그 사실을 두고 왈가왈부하는 경우가 너무 많습니다. 장인의 작업이 엄정하게 이루어졌는가를 문제시하지 않고 영이 어느 방향으로 부는가를 문제시하지요. 그래서 여러분은 여러분의 존재론, 자신의 고유한 철학, 신념을 어떻게 생각하든 간에, 정신의 자유를 침해하고 있다고 인정하지 않을 수 없습니다. 이 거창한 단어의 첫 글자를 대문자로 써서 Esprit라고 하든, 소문자로 esprit라고 하든 그 점은 마찬가지예요. 이렇게 본다면 기독교 철학자는 성령(Saint-Esprit) 개념을 따를 수 없을 겁니다. 불가지론자나 무신론자는 '자유사상가'이기를 단연코 거부해야 할걸요…….

감상자가 작품을 들으면서 즐거움을 느낄 때에는 그러한 사실이 결코 논란거리가 되지 않습니다. 그리 정통하지 않은 음악 애호가는 기꺼이 작품의 주변적인 것에 매달립니다. 그는 음악의 본질에서 완전히 벗어나 있는 이유들에서 즐거움을 얻을 때가 많습니다. 그 즐거움으로 족하기 때문에 굳이 정당화할 필요도 없지요. 그러나 음악이 마음에 안 들면 비로소 이 애호가 양반은 그 이유를 묻고 나설 겁니다. 그는 본디 말로 표현할 수 없는 것을 설명해 달라고 요구할 테지요.

열매를 보면 나무를 아는 법입니다. 그러니 뿌리를 잡고 끙끙대지 말고 열매를 보고 나무를 판단합시다. 기능은 기관의 존재 이유입니다. 아주 놀라운 기관이라도 그 기관이 제 기능을 하는 모습을 본 적이 없는 사람의 눈에는 괴상망측하게 보일 수 있지만 말입니다. 속물들의 세상에는 몽테스키외의 『페르시아인의 편지』[12]에서처럼 사람이 어떻게 페르시아인으로 살아갈 수 있는지 의아해하는 사람들이 넘쳐 납니다. 그런 사람들을 볼 때마다 나는 늘 난생처음 동물원에서 단봉낙타를 구경한 농부 이야기가 생각나는데요. 농부가 낙타를 한참이나 들여다보고는 고개를 절레절레 흔들며 다른 구경꾼들에게 "이건 진짜가 아닙니다."라고 선언하고 가는 바람에 모두가 한바탕 웃었다지요.

요컨대, 작품은 그 기능들이 거침없이 작용함으로써 진가를 드러내고 정당성을 얻습니다. 우리가 그 작용을 받아들이느냐 마느냐는 자유지만 작용이 존재한다는 사실 자체는 아무도 반박할 수 없습니다. 따라서 모든 창작의 기원에 있는 사변적 의지의 원칙에 대한 판단, 논란, 비판은 확실히 쓸모가 없습니다. 순수 상태의 음악은 자유로운 사변입니다. 모든 시대의 창작인들은 항상 그러한 생각을 증명해 왔습니다. 나 자신이 그들과 마찬가지로 노력하지 않을 이유는 하나도 없다고 봐요. 나도 피조물이건만 창조의 욕망을 느끼지 않을 수가 없습니다. 창조하고자 하는 이 욕망은 무엇에 부응하는 걸까요? 나는 어떻게 이 욕망을 밖으로 분출할 수 있을까요?

창작 과정에 대한 연구는 아주 까다롭습니다. 사실 그 과정의 내적 전개를 외부에서 관찰한다는 것은 불가능합니다. 타인의 작업을 단계별로 좇아가려고 애써 봤자 헛수고입니다. 자기 작업에 대한 관찰도 어렵기는 마찬가지입니다. 그렇지만 내가 아주 유동적인 이 분야에서 운 좋게 여러분에게 지침을 제시할 수 있다면 어디까지나 내적인 성찰 덕분입니다.

음악 애호가들은 대부분 작곡가의 창조적 상상력이 어떤 정서적 동요, 일반적으로 '영감'이라고 부르는 바에서 촉발된다고 생각하는데요.

우리가 살펴보고 있는 음악의 발생 과정에서 영감이 차지하는 각별한 역할을 부정할 생각은 추호도 없습니다. 나는 다만 영감이 창작 행위의 선결 조건은 절대로 아니라고, 시간 순서로 따지자면 영감은 이차적으로 나타날 뿐이라고 말하고 싶습니다.

'영감', '예술', '예술가', 이렇게 흐릿하기 짝이 없는 단어들 때문에 균형과 계산이 전부인 영역, 사변적 정신의 바람이 부는 영역을 우리는 똑똑히 보지 못하는 겁니다. 영감의 기반에 있는 그 정서적 동요는 이후에, 반드시 나중에 태어나지요. 그런데 우리는 영감에 불편하기 짝이 없는 의미, 영감 그 자체까지 위태롭게 하는 의미를 돼먹지 않게 부여하고 있어요. 그러한 감정은 미지의 것을 붙잡고 실랑이하는 창작자의 반응일 뿐이라는 것을 모르겠어요? 여기서 미지의 것이란 장차 작품이 되어야 할 것, 지금은 창작의 대상에 불과한 것이죠. 한 땀한 땀, 한 걸음 한 걸음, 발견은 허용될 것입니다. 이 발견들의 연쇄, 그리고 각각의 발견 자체가 감정을 낳는 거예요. 식욕이 돌면 침이 고이듯 이건 거의 생리학적인 반사 작용입니다. 이 감정은 늘 창작 과정의 단계들에 바짝 붙어서 따라옵니다.

모든 창작은 그 기원에 일종의 욕구가 있습니다. 그 욕구가 돌면 발견의 맛이 벌써 예상이 되지요. 창작 행위에서 미리부터 느껴지는 맛은, 이미 파악하였으되 아직 지적으로 이해하지 못한 미지의 것에 대한 직관을 수반합니다. 이 미지의 것은 주의 깊게 기법을 적용하는 수고를 통해서만 규명될 것입니다.

내가 주목한 음악의 요소들에 질서를 부여한다는 생각만으로도 내 안에서 깨어나는 이 욕구는 절대로 영감처럼 우연한 것이 아닙니다. 습관적이고도 주기적이랄까, 혹은 자연적 욕구처럼 늘 일정하다고 할까요.

하지 않으면 안 되겠다는 예감, 미리부터 느껴지는 즐거움의 맛, 현대 생리학자의 용어를 빌리자면 일종의 조건 반사가 분명히 보여 주는바, 나는 발견을 하고 일을 한다는 생각에 사로잡히는 겁니다.

나는 작품을 쓰는 사태 자체, 흔히 쓰는 표현대로 반죽을 주무르고 빚어내는 사태 자체를 창작의 즐거움과 따로 떼어서 생각할 수 없습니다. 내 경우에는 정신적 노력을 심리적 노력이나 신체적 노력과 분리해서 생각할 수 없어요. 그 노력들이 나에게는 전부 다 동일한 차원의 노력이고 그 사이에 아무런 위계도 없습니다.

'예술가'라는 단어가 오늘날 흔히 통용되는 의미에서는 그러한 호칭을 누리는 자에게 더없이 높은 지적 위엄, 순수한 정신의 소유자로 통하는 위엄을 더해 줍니다. 나는 이 오만한 단어가 '호모 파베르(homo faber)'(도구를 만드는 인간)의 조건과 도무지 양립할 수 없다고 봅니다.

이 자리에서 우리는 새삼 기억해야겠습니다. 우리가 정말로 '지식인'이라면 우리가 다루는 이 영역에서의 소임은 머리를 싸매고 숙고하는 것이 아니라 실행하는 것입니다.

철학자 자크 마리탱[13]은 중세 문명의 강성한 구조에서 예술가는 장인과 동일한 서열에 있었음을 일깨워 줍니다. "또한 예술가의 개인주의에 있어서 모든 종류의 무질서한 개발은 금지되었다. 자연스러운 사회적 기강이 일부 제한적인 조건들을 외부에서 예술가에게 부과했기 때문이다."[14] 그런데 르네상스는 예술가를 만들어 냈고, 예술가를 장인과 구분했으며, 장인을 깎아내리면서까지 예술가를 더 높이 떠받들었습니다.

원래 예술가라는 이름은 '예술 분야의 대가, 스승(maître ès arts)'에게만 주어졌습니다. 철학자, 연금술사, 마술사 같은 사람들 말입니다. 화가, 조각가, 음악가, 시인은 장인으로서 인정받을 권한밖에 없었습니다.

> 장인들은 경묘히도
> 청동, 대리석, 구리에
> 그들의 도구로 생명을 불어넣네.

뒤 벨레의 시입니다. 몽테뉴도 『에세』에서 "화가, 시인, 혹은 그 밖의 다른 장인들"을 열거한 바 있지요. 17세기까지도 라퐁텐은 화가를 '장인'이라고 불렀다가 어느 성미 고약한 비평가에게 핀잔을 들었지요. 아마 그 비평가야말로 오늘날 대부분의 비평가들의 조상일 겁니다.

나의 경우, 만들어야 할 작품에 대한 생각이 소재 배치와 그 작업 자체의 즐거움에 대한 생각과 너무나 단단히 이어져 있기 때문에 누가 다 완성된 작품을 나한테 넙죽 안겨 준다면 (이런 일은 물론 있을 수 없지만) 치욕스럽기도 하고 마치 사기를 당한 것처럼 당혹스러울 겁니다.

우리는 음악에 대한 의무, 음악을 만들어 내야 할 의무가 있습니다. 한번은 전쟁 중에 프랑스 국경을 통과하는데 헌병이 나에게 직업을 물어본 적이 있습니다. 나는 아주 자연스럽게 음악을 만드는 사람이라고 대답했지요. 헌병은 내 여권을 확인하면서 왜 여기는 작곡가라고 나와 있는 거냐고 묻더군요. 그래서 나는 음악을 만드는 사람이라는 표현이 남들이 나에게 부여한 직업명, 여권에 나와 있는 그 직업명보다 실제로 내가 하는 일에 더 정확하게 들어맞는다고 말했습니다.

만들기는 상상력을 전제합니다만, 만들기가 상상력과 혼동되어서는 안 됩니다. 만들기라는 사태는 우연한 발견과 그 발견의 실현의 필연성을 함축하니까요. 우리가 상상한 것이 꼭 구체적인 모습을 취하란 법은 없습니다. 상상은 얼마든지 가상의 상태에 머물 수 있어요. 그러나 만들기는 실질적인 구현을 떠나서 생각할 수 없습니다.

따라서 여기서 우리가 눈여겨볼 것은 상상 그 자체가 아니라 창조적인 상상입니다. 우리가 발상 차원에서 실현 차원으로 넘어가도록 도와주는 역량 말입니다.

일을 하다가 문득 예기치 못한 것과 부딪칠 때가 있습니다. 그 예상 밖의 요소가 정신을 번쩍 나게 합니다. 그 요소를 적어 둡니다. 그리고 기회가 닿으면 활용을 합니다. 이 우연한 선물을 흔히 '기발함(fantaisie)'이라고 부르는 상상력의 변덕과 혼동해서는 안 됩니다. 기발함은 변덕에 자기를 맡겨 버리고 싶다는 의지가 사전에 이미 있음을 의미합니다. 그런데 창작 과정의 관성에 내재하는 이 예기치 못한 요소의 협력은 그런 것과는 자못 달라요. 이 요소에는 미처 활용되지 않았던 가능성들이 잔뜩 담겨 있고, 그것은 날것 그대로의 의지에 늘 깃들어 있는 다소 지나치게 엄격한 부분을 적절히 누그러뜨려 줍니다. 게다가 이 요소는 마땅히 그래야만 좋습니다.

G. K. 체스터턴이 어디선가 이런 말을 했지요.

우아하게 고개 숙이는 모든 것에는 뻣뻣함을 잃지 않으려는 자세가 있어야 한다. 구부러진 활이 아름다운 것은 못내 휘어지지 않으려는 저항이 있을 때뿐이다. 정의의 여신이 자비의 여신에게 살짝 져 주듯 약간 지고 들어가는 완강함은 지상에서 더없이 아름다운 것이다. 만물은 똑바르기를 원하나 어떤 것도 완전히 똑바를 수는 없으니 얼마나 다행인가.
곧게 자라고자 힘쓰라, 인생이 적당히 구부러뜨려 줄 터이니.

창조 능력은 결코 저 혼자 뚝 떨어져 주어지지 않습니다.
이 능력은 늘 관찰의 재능과 함께하지요. 그리고 진정한 창작
인에게는 늘 자기 주변에서, 가장 평범하고 보잘것없는 것에서
주목할 가치가 있는 요소들을 발견한다는 특징이 있습니다. 그
는 진귀하고 값진 것에 둘러싸여 있을 필요가 없어요. 굳이 발
견을 위해 찾아다닐 필요도 없고요. 발견은 늘 손 닿는 곳에 있
습니다. 그런 사람은 그냥 주위를 둘러보기만 하면 돼요. 창작
인은 다 아는 것, 도처에 널린 것에도 자극을 받습니다. 아주 사
소하고 우발적인 일이 그의 주의를 잡아끌고 작업으로 인도합
니다. 손가락이 미끄러지면 그는 거기에도 주목하죠. 실수에서
비롯된 예상치 못한 효과도 그는 잘만 써먹을 겁니다.

우발적인 일은 우리가 만들어 낼 수 없습니다. 그저 주목
하고 거기서 영감을 얻을 뿐이죠. 어쩌면 그게 우리에게 영감
을 주는 유일한 것일지도 모르겠군요. 짐승이 땅을 헤집고 뒤
지듯 작곡가는 일단 아무거나 연주를 해 봅니다. 짐승이나 작
곡가나 뭔가를 찾으려는 충동에 휩쓸려 무조건 뒤지고 보는
겁니다. 무엇이 작곡가의 이러한 연구 조사에 부응할 수 있을
까요? 작곡가가 일종의 형벌처럼 떠안은 규칙들? 아뇨, 그는

자기 즐거움을 탐색하는 겁니다. 그는 만족을 추구하고, 그러한 만족은 일단 노력을 먼저 경주해야만 찾을 수 있다는 것을 잘 압니다. 사랑은 억지로 노력한다고 되는 게 아니죠. 하지만 사랑은 앎을 전제하고, 알기 위해서는 애를 써야만 합니다.

순수한 사랑을 연구했던 중세 신학자들도 동일한 문제를 제기했습니다. 사랑하기 위한 앎, 알기 위한 사랑. 이 문제는 단순한 반복적 순환과 다릅니다. 원칙적인 노력을 조금만 기울인다면, 나아가 반복 훈련으로 삼는다면 우리는 나선을 따라서 조금씩 더 높이 올라갈 수 있습니다.

파스칼이 관습은 "자동 장치를 조종하고 자동 장치는 정신을 생각지도 못하게 조종한다. 자기 자신을 잘못 알아서는 안 되는 까닭이다."라고 했던 것도 이러한 맥락에서였습니다. 파스칼은 이어서 이렇게 말하지요. "우리는 정신이면서 또 그만큼 자동 장치이기도 하다."

요컨대 우리는 즐거움에 대한 기대 속에서, 육감이 이끄는 대로 일단 뛰지고 봅니다. 그러다 불현듯 미지의 장애물에 부딪히지요. 여기서 동요 혹은 충격을 느끼는데 바로 이 충격이 우리의 창조적 역량을 풍요롭게 합니다.

관찰력과 관찰 결과를 활용하는 능력은 적어도 자기 분야에서는 감각을 타고났으면서 교양도 습득한 사람에게만 있을 수 있습니다. 알려지지 않은 화가의 작품들을 맨 먼저 사들인 어느 화상(畵商) 겸 미술품 수집가가 있었습니다. 그 화가는 20년 후에 아주 유명해졌는데 그가 바로 세잔이었지요. 그 화상이 야말로 타고난 감각의 뚜렷한 예가 되지 않을까요?[15] 무엇이 그의 선택을 이끕니까? 육감, 그러한 취향을 낳은 본능, 성찰에 앞서 완전히 자발적으로 우러나는 능력이지요.

한편, 교양은 일종의 육성입니다. 사회적 차원에서의 육성은 교육의 윤기를 더해 주고 학문적 가르침을 공급하고 완성하지요. 그러한 육성은 취향에 있어서도 마찬가지로 작용합니다. 통찰력을 잃어버릴지 모른다는 위협 속에서도 끊임없이 자기 취향을 다듬어야만 하는 창작인에게 이 점은 아주 중요해요. 정신은 신체와 마찬가지로 꾸준한 훈련을 요하거든요. 정신도 부지런히 갈고닦지 않으면 위축되어 버리고 맙니다.

교양은 취향의 가치를 온전히 드러내 주고 그저 실행만으로 자기를 증명하게 합니다. 예술가는 교양을 자기 자신에게 부여함으로써 결국 타인들에게도 부여하지요. 이런 식으로 전통이 수립됩니다.

전통은 습관, 아주 빼어난 습관과도 다른 것입니다. 습관은 그 정의상 무의식적인 습득과 거의 기계적으로 굳어지려는 경향을 뜻하는데, 전통은 다분히 의식적이고 의도적인 수용에서 비롯되거든요. 진정한 전통은 지나가 버린 과거의 증언이 아닙니다. 진짜 전통은 현재에 활력을 불어넣고 정보를 주는 살아 있는 힘이에요. 이런 의미에서 '전통 아닌 것은 죄다 표절'이라는 농담 섞인 역설은 맞는 말입니다…….

전통은 기존의 것에 대한 반복을 뜻하기는커녕 오히려 지속되는 것의 실재성을 가정하지요. 전통은 잘 건사해서 결실을 거두고 후손들에게 물려준다는 조건으로 받을 수 있는 집안의 재산, 일종의 유산 같은 겁니다.

브람스는 베토벤보다 60여 년 늦게 태어났습니다. 두 사람은 모든 면에서 굉장한 거리가 있었고 옷 입는 방식조차 달랐어요. 그러나 브람스는 베토벤의 옷가지에서 무엇 하나 빌려 가지 않고도 베토벤의 전통을 따랐습니다. 방법의 차용과 전통을 따르는 것은 아무 관계도 없기 때문이죠. "방법은 달리 대체된다. 우리는 새것을 만들기 위해서 전통을 회복하는 것이다." 브람스의 말처럼, 전통은 이렇게 창조의 연속성을 보장해 줍니다. 내가 방금 거론한 예는 예외적인 경우가 아니라 변함없는 법칙에 대한 수많은 증언 중 하나입니다. 이러한 전통에 대한 감각은 자연스러운 욕구예요. 그러한 욕구를 작곡가가 과거 오래전의 대가와 자신의 유사성을 보여 주고 싶어 하는 욕망과 혼동해서는 안 됩니다.

나의 오페라 「마브라」는 내가 늘 옛 러시아─이탈리아 오페라에서 경탄해 마지않았던 멜로디의 경향 전반과 성악 양식 및 관습적 언어에 대한 공감에서 탄생했습니다. 그러한 공

요하네스 브람스(1833-1897년)
브람스는 베토벤의 옷가지에서 무엇 하나 빌려 가지 않고도
베토벤의 전통을 따랐습니다. "우리는 새것을 만들기 위해
전통을 회복하는 것이다." 전통은 창조의 연속성을 보장해 줍니다.

주세페 베르디(1813-1901년)

나는 베르디의 아리아 「여자의 마음」에 반지 3부작의 수사학과 노호(怒號)보다
더욱더 진정한 창의성과 실체가 있다고 주장합니다. 바그너의 악극은 지속적인 과장을
드러냅니다. 베르디의 작품 도처에는 겸혀하면서도 귀족적인 창의성이 빛납니다.

감이 자연스럽게 나를 이미 잃어버렸다고 생각했던 전통의 길로 이끌었지요. 당시 음악계의 관심은 서정극[16]에만 쏠려 있었어요. 서정극은 역사적으로 보았을 때 어떤 전통도 대표하지 않았고 음악적으로 보았을 때에도 어떤 필요에 부응하지 않았습니다. 서정극 유행은 뭔가 병적이었어요. 참신한 겸허함을 보여 주었던 드뷔시의 「펠레아스와 멜리장드」의 감탄스러운 음악조차도, 비록 바그너 체계의 폭정을 뿌리치는 수많은 요소들을 담고 있었다고는 하나 안타깝게도 우리를 곤경에서 끌어낼 수 없었습니다.[17]

「마브라」의 음악은 글린카와 다르고미시스키의 전통에 입각해 있습니다. 그 전통을 새롭게 다시 선보여야겠다는 생각은 나에게 눈곱만큼도 없었지만요. 나는 그저 내가 소재로 삼았던 푸시킨의 단편 소설에 잘 들어맞는 오페라부파(opera buffa)라는 생생한 양식에 한번 손을 대 봐야겠다 생각했을 뿐입니다. 「마브라」는 그 작곡가들에게 헌정되었습니다만, 그들과 100년의 간격이 있는 나의 음악은 새로운 언어를 구사하기 때문에 그들 중 아무도 이 작품이 자기네가 수립한 전통의 납득할 만한 표현이라고 보지 않을 겁니다. 하지만 나는 음악으로 하는 대화의 스타일을 쇄신하고 싶었어요. 서정극의 북새통 속에서 그 대화의 음성들은 무시당하고 뒤덮였지요. 현재에도 주류는 아닐지언정 여전히 살아 있는 그 전통의 참신함을 확인하기까지 100년의 세월이 흘러야 했던 겁니다. 그 전통에는 건강에 이로운 공기, 과장된 허세로도 그 공허함을 감출 수 없었던 서정극의 악취를 몰아내기에 좋은 공기가 통하고 있었죠.

내가 저 유명한 '종합예술론'에 시비를 걸고 나선 것도 다 그럴 만한 이유가 있었습니다. 나는 종합예술론에 전통이 결여되어 있을 뿐 아니라 벼락부자의 자만까지 보인다고 비난했지요. 이 경우가 더욱 골치 아픈 것은, 이론이 적용되면서 음악 자체에 엄청난 타격을 입혔기 때문입니다. 인간이 존재론적 감각과 의미를 잃고 자기 자신과 운명을 겁내는 정신적 무정부주의의 시대에는 종교 없는 자에게 종교 역할을 하는 영지주의(靈智主義)들이 늘 출현하는 법입니다. 국제적인 위기에는 늘 마법사, 탁발승, 예언자가 떼거지로 신문 광고에 올라오는 것과 마찬가지죠. 바그너주의의 전성기는 이미 지나갔고 이제 어느 정도 거리를 두고 상황을 제대로 정리할 수 있으니, 우리는 좀 더 기탄없이 말해 볼 수 있을 겁니다. 더욱이 건실한 정신의 소유자들은 '종합예술론'의 낙원을 결코 믿지 않았고 늘 그 명성을 제 값대로 평가했습니다.

나는 음악이 그 같은 극의 체계를 채택해야 할 필요성을 전혀 모르겠노라 말했습니다. 아니, 그 정도가 아니죠. 나는 악극 체계가 음악 문화를 드높이기는커녕 자꾸만 좌초하게 만들고 결국은 아주 역설적이게도 가치를 떨어뜨린다고 봅니다. 옛날에는 쉽게 들을 수 있는 음악 작품으로 기분 전환을 하려고 오페라 극장에 갔었죠. 지금은 음악이 음악 자체의 법칙에 이질적인 온갖 제약에 얽매여 추상적으로 마비되어 버린 악극을 보면서 하품을 하러 갑니다. 그런 음악은 바그너의 위대한 재능에도 불구하고 가장 주의 깊은 청중마저 지치게 해요.

이렇게 우리는 뻔뻔하리만치 순수한 감각적 희열로 간주되던 음악에서 아무 중간 단계 없이 영웅의 갑옷 나부랭이, 전사적이고 신비주의적인 병기로 무장한 예술—종교의 같잖은 난해함으로 넘어왔습니다. 이 예술의 어휘에서는 변질된 종교의 냄새가 납니다. 그러니 음악은 자꾸만 멸시당하고 번지르르한 문학에 짓눌린 모습으로만 나타났지요. 음악은 오해를 발판 삼아야만 교양 있는 대중을 청중으로 얻을 수 있었습니다. 극을 온갖 상징들로 점철시키고 음악을 철학적 사변의 대상으로 삼으려는 경향이 있는 오해 말입니다. 이런 식으로 사변적 정신은 번지수를 잘못 찾았고 충성을 명목 삼아 음악을 배신했습니다.

상반된 원칙들에 근거한 음악은 안타깝게도 지금 이 시대까지도 진가를 발휘하지 못했습니다. 바그너주의자를 자처했던 프랑스 음악가 샤브리에가 그 힘겨운 시대에 가극 예술의 건전한 전통을 지켜 나갈 수 있었다는 사실이 참 흥미로운데요. 바그너 유행이 정점에 달했던 시기에 그는 다른 몇몇 프랑스 작곡가들과 함께 프랑스 고유의 장르 오페라코미크[18]에서 대단한 저력을 보여 주었죠. 구노의 「마지못해 된 의사」, 「라 콜롱브」, 「필레몽과 보시스」, 레오 들리브의 「라크메」, 「코펠리아」, 「실비아」, 비제의 「카르멘」, 샤브리에의 「마지못해 된 왕」, 「별」, 메사제의 「라 베아르네즈」, 「베로니크」, 그리고 현재 젊은 작곡가 앙리 소게의 「파르마의 수도원」을 추가할 수 있을 만한, 이 빛나는 걸작들 그룹 속에서 프랑스의 그 전통이 이어지고 있지 않습니까?

악극의 독이 얼마나 은근하고도 끈질겼기에 저 위대한 거인 베르디의 혈관에까지 스며 들어가고 말았겠습니까?

이 전통적인 오페라의 거장이 진정한 걸작들을 그렇게 많이 낳고도 생애 말년에 이르러 「팔스타프」를 마지막 작품으로 남겼으니 어찌 안타깝지 않겠습니까? 「팔스타프」가 베르디의 가장 훌륭한 작품이 아니라는 사실은, 「팔스타프」가 바그너의 작품이 아니라는 사실만큼이나 명명백백합니다.

베르디의 가장 뛰어난 면모가 「리골레토」, 「일 트로바토레」, 「아이다」, 「라 트라비아타」를 낳은 천재성과는 좀 다른 것에 있다는 세간의 의견에 내 견해가 어긋나는 줄은 압니다. 과거의 엘리트층이 이 위대한 작곡가의 작품에서 얕잡아 보았던 바로 그것을 내가 옹호하고 있다는 것도 잘 압니다. 그래서 실로 유감스럽게 생각합니다. 하지만 나는 가령「여자의 마음」처럼 그 엘리트층이 너무 쉽게만 간다고 안타깝게 여겼던 아리아에 반지 3부작의 수사학과 노호(怒號)보다 더욱더 진정한 창의성과 실체가 있다고 주장합니다.

우리가 원하든 원하지 않든, 바그너의 악극은 지속적인 과장을 드러냅니다. 그의 눈부신 즉흥은 과도하게 교향악을 부풀리지만, 베르디의 작품 도처에서 빛나는 겸허하면서도 귀족적인 창의성만큼 교향악에 실체성을 부여하지는 못합니다.

나는 강연을 시작하면서 내가 계속해서 질서와 규율의 필요성을 들먹일 거라고 미리 말해 두었지요. 지금도 결국 여러분이 넌더리를 낼 만큼 똑같은 얘기를 하고 있고요.

리하르트 바그너의 음악은 특정한 음악적 의미를 따져 말하건대 구성보다 즉흥이 더 큰 비중을 차지하죠. 아리아, 중창, 그리고 오페라 구조 속에서 이 형식들이 띠는 상호 관계가 작품 전체에 정합성을 부여하는데, 이 정합성은 심도 있는 내적 질서의 외적이고 가시적인 표현 외에는 아무것도 아닙니다.

바그너와 베르디의 대립은 이 부분에 대한 나의 생각을 아주 딱 맞게 보여 줍니다.

베르디의 작품들이 손풍금 레퍼토리로 전락하는 동안 사람들은 바그너를 혁명적인 음악가로 기꺼이 추앙했습니다. 무질서 숭배에서 숭고함을 발견하던 때에 질서는 길거리의 뮤즈에게 떠맡겼다는 이 사실은 그 무엇보다도 의미심장합니다.

바그너의 작품은 엄밀히 말해서 무질서라고 할 수는 없지만 질서의 결핍을 메우고 보충해야만 하는 경향에 해당합니다. 무한 선율(無限旋律)[19]이라는 체계가 그 경향을 완벽하게 드러내지요. 무한 선율은 시작할 이유도 없고 끝날 이유도 없는 음악의 영원한 '되어감(devenir)'입니다.〔철학에서 '생성'으로 번역되기도 하는데 여기서는 '되기(becoming)'가 문맥상 더 정확하겠다.〕이처럼 무한 선율은 멜로디의 위엄과 기능 자체를 침범하듯 보입니다. 우리가 앞에서 말했듯이 멜로디는 리듬이 붙은 악절의 노래, 즉 음악적 억양이거든요. 바그너의 영향으로 노래의 생명력을 보장하던 법칙들이 위배되었고 음악은 멜로디의 미소를 잃어버렸습니다. 이런 식의 작법도 아마 어떤 욕구에 부응했겠지요. 그러나 그 욕구는 음악 예술의 가능성과 양립 불가능합니다. 음악 예술의 표현은 이 예술을 수용하는 기관의 제약에 정확하게 비례해서 제한되기 때문이지요. 자기 자신에게 한계를 정해 두지 않는 작곡 방식은 그냥 색다른 기발함에 지나지 않아요. 그런 방식이 빚어낸 효과가 어쩌다 재미있을 수는 있어도 반복적으로 재연될 순 없죠. 기발함은 일단 반복되면 퇴색되게 마련이므로 나로서는 반복적인 기발함이라는 것은 생각할 수가 없네요.

이 기발함(fantaisie)이라는 단어를 분명히 짚고 넘어갑시다. 지금 우리는 이 단어를 특정 음악 형식에 부여하는 의미('환상곡')로 쓴 것이 아니라 상상력의 변덕에 자신을 맡길 것을 전제하는 받아들임의 의미로 쓴 겁니다. 작가의 의지를 기꺼이 마비시키기로 전제했다 이 말이죠. 왜냐하면 상상력은 변덕을 낳기도 하지만 창조적 의지를 공급하고 보필하기도 하거든요.

창작인의 역할은 그가 받아들인 요소들을 체로 거르는 것입니다. 인간 활동은 그 활동 자체에 한계를 부여하기 때문입니다. 예술은 통제되고 제한되고 수고가 가해질수록 더욱더 자유롭습니다.

내 경우를 보자면, 작업에 들어가면서 무한한 가능성들을 마주할 때 일종의 공포감을 느낍니다. 그럴 때면 나에게 뭐든지 허용된 것 같은 느낌이 들죠. 모든 것이 나에게 허용된다면, 최선도 최악도 그러하다면, 어떤 것도 나에게 저항하지 않는다면, 노력이라는 것 자체를 생각할 수가 없을 테고 나는 그 무엇에도 기반을 둘 수 없으니 그때부터 모든 시도는 무위로 돌아갈 겁니다.

그렇다면 나는 이 자유의 심연에서 헤맬 수밖에 없을까요? 이 가상적 무한을 마주하며 느끼는 현기증에서 벗어나려면 무엇에 나 자신을 잡아매야 할까요? 하지만 나는 지지 않을 겁니다. 나에게는 7음계와 그 반음정들이 있고, 강박과 약박을

쓸 수 있으며, 그렇게 구체적이고 견고한 요소들을 쥐고 있다는 생각으로 공포를 억누르고 스스로 안심할 수 있으니까요. 그 요소들은 조금 전 나를 겁먹게 했던 불안하고 현기증 나는 무한에 결코 뒤지지 않게 드넓은 경험의 장을 제공합니다. 바로 그 장에서 나는 각 옥타브의 열두 개 음과 그 모든 리듬적인 변형들이 이루어 내는 조합은 너무나 풍부하기에 인간의 재능을 발휘한 모든 활동으로도 결코 고갈되지 않을 거라 확신하면서 나의 뿌리를 널리 뻗을 겁니다.

조건 없는 자유가 나를 불안에 빠뜨리더라도 거기서 벗어날 수 있는 이유는 내가 늘 여기서 문제가 되고 있는 구체적인 것들에 직접 호소할 수 있기 때문입니다. 이론적인 자유 따위는 필요 없어요. 그러니 유한한 것, 한정된 것, 나의 가능성과 부합하는 면이 있는 한에서만 내 작업에 쓰일 수 있는 소재를 주십시오. 소재가 주어지면 그 소재가 지닌 한계까지 같이 주어집니다. 그러면 나는 나의 한계를 소재에 부여할 겁니다. 그렇게 우리는 좋든 싫든 간에 필연의 왕국에 진입하겠지요. 그렇지만 예술을 자유의 왕국 아닌 다른 것이라고 하는 말을 들어 본 사람 있습니까?

이런 유의 비정통적인 생각이 고르게도 퍼져 있습니다. 그 이유는 사람들이 '예술'은 평범한 활동에서 벗어나는 것처럼 생각하기 때문입니다. 그런데 예술이든 다른 어떤 일이든

내구성 있는 기반은 필요합니다. 지탱이 불가능한 것은 움직임도 불가능하게 합니다.

따라서 나의 자유는 매번 어떤 시도를 할 때마다 나 자신에게 부과하는 그 좁은 틀 안에서의 움직임에 있습니다.

아니, 나아가 이렇게 말하겠습니다. 내 운신의 장을 옹색하게 제한하고 더 많은 장애물로 나 자신을 에워쌀수록 나의 자유는 더욱더 커집니다. 나에게서 제약을 앗아 가는 것은 힘도 함께 앗아 갑니다. 스스로에게 더 많은 제약을 가할수록 정신을 옭아매는 족쇄들로부터는 더 자유롭게 풀려날 수 있습니다.

나는 내게 창조를 명하는 음성에 일단 두려움으로 반응하지만 창작에 참여하되 아직은 창작 외적인 것들을 무기로 취하면서 이내 안심하게 됩니다. 임의적인 속박은 오로지 엄정한 실행을 얻어내기 위해서만 존재하지요.

우리는 이상의 내용에서 자칫 목표를 놓칠 위험이 있기는 하지만 교의를 갖추어야 할 필요가 있다는 결론을 얻습니다. 만약 이 표현이 불편하거나 너무 심하다 생각한다면 굳이 입 밖에 내어 말하지는 않겠습니다. 하지만 그렇다고 해도 구원의 비밀이 여기 있는데 어쩌겠어요. 보들레르는 이렇게 썼지요.

수사학과 운율학이 임의로 고안된 전횡들이 아니라 정신적 존재의 조직 자체가 요구하는 규칙들의 집합임은 분명하다. 또한 운율학과 수사학은 뚜렷이 드러나는 독창성을 결코 저해한 적이 없었다. 오히려 그것들이 독창성의 발아(發芽)를 도왔다는 정반대의 주장이 한없이 더 참되다 하겠다.

4
디오니소스와 아폴론의 역할

"힘은 제약에서 태어나
자유로 인하여 죽는다."

레오나르드 다빈치

모든 예술은 선택 작업을 상정하지요. 내 경우, 작업에 들어갈 즈음에는 목표가 뚜렷하지 않을 때가 많습니다. 누군가가 작업의 이 단계에서 나에게 뭘 원하는 거냐고 물어본다면 아마 나는 대답하기 힘들어할 거예요. 하지만 반대로 원하지 않는 게 뭐냐고 물어본다면 나는 항상 상세하게 대답할 수 있을 겁니다.

소거에 따른 진행, 게임에서 '필요 없는 카드를 버릴' 줄 안다는 것은 중요한 선택 기법입니다. 그리고 앞서 두 번째 강의에서 언급했던 '다자'를 통한 '일자'의 추구를 여기서 다시금 발견할 수 있지요.

이 원리가 어떤 식으로 나의 음악에 구현됐는지 보여 주기는 어려울 것 같습니다. 그래서 특수한 사태들보다는 나의 일반적 경향을 제시하면서 여러분에게 이 원칙을 전달해 보려고 합니다. 가령 생생하게 충돌하는 음들을 병치시키는 진행 기법으로 나는 즉각적이고 과격한 느낌을 불러일으킬 수 있습니다. 반대로 밀접하게 이어져 있는 음색들을 모으는 방법을 쓴다면 그만큼 직접적이진 않지만 더 확실하게 목표에 도달할 수 있고요. 이 방법의 원리는 우리를 통일성으로 기울게 하는 잠재의식적 활동을 드러냅니다. 우리는 분산의 불안한 박력보다는 일관성과 그 평온한 힘을 본능적으로 더 선호하기 때문이지요. 우리는 불일치의 왕국보다 질서의 왕국을 더 좋아하게 마련이에요.

나 자신의 경험상 선택을 하려면 필요 없는 것을 버려야 하고 통합을 하려면 구별할 수 있어야 한다는 것을 알기 때문에 이 원리를 음악 전체에 적용해서 음악 예술의 역사에 대한 투시도랄까, 일종의 입체 도면을 만들어 볼 수 있을 것 같습니다. 우리는 무엇이 어떤 작곡가 혹은 어느 한 악파의 인상을 만드는지 볼 수 있을 거예요.

그로써 우리는 음악의 유형 분류에 대한 연구, 즉 유형학과 스타일 문제에 좀 더 다가갈 겁니다.

스타일은 작가가 자기 개념들에 질서를 부여하고 자기 직업의 언어를 구사하는 개별적 방식입니다. 언어는 같은 악파나 어느 한 시대의 작곡가들에게 공통되는 요소죠. 여러분은 모차르트와 하이든의 음악이 어떤 인상인지 잘 알고 있을 겁니다. 이 시대의 음악 언어에 친숙한 사람은 쉽게 모차르트의 음악과 하이든의 음악을 구별할 수 있지만, 그래도 이 두 음악가가 꽤 비슷하게 다가온다는 사실은 다들 눈치챘을 거라 생각합니다.

한 세대에 속하는 사람들이 패션에 따라 취하게 되는 옷차림은 동일한 특정 몸짓, 의복의 모양새에 따라 조건화되는 공통적인 거동이나 걸음걸이를 낳습니다. 마찬가지로, 한 시대가 사용하는 음악적 장치는 그 시대 음악 언어에 반드시 흔적을 남깁니다. 말하자면 음악적 제스처, 소리의 질료를 대하는 작곡가의 태도에 흔적을 남기는 거죠. 이 요소들이 우리가 음악 언어와 스타일이 어떻게 이루어졌는지 파악하도록 도와주는 개별성들의 전체를 직접적으로 좌우하지요.

우리가 한 시대의 스타일이라고 부르는 것이 개별적 스타일들의 조합에서 나온다고 말할 필요는 없을 겁니다. 어차피 그 조합도 그 시대에 우세한 영향력을 행사했던 작곡가들의 작업 방식이 지배하니까요.

모차르트와 하이든의 예에서 그들이 동일한 문화의 혜택을 입었고, 동일한 샘에서 물을 길어 왔으며, 피차 상대의 발견을 차용하면서 음악을 만들었다는 것을 확인할 수 있습니다. 그럼에도 그들은 각자 자기만의 특수한 기적을 이루어 냈지요.

실로 위대했기에 동시대인들의 일반성을 뛰어넘은 거장

들은 현재를 초월하여 훨씬 더 멀리까지 천재성의 광휘를 떨쳤다고 말할 수 있을 겁니다. 그 거장들은 강력한 빛과 열의 진원(盡源)처럼 나타나고(보들레르의 표현을 빌리자면 등대라고 해야겠죠.) 여기서 그들의 후계자 대부분이 공통적으로 띠게 될 경향들, 문화를 차지하는 전통들의 묶음을 형성하는 데 공헌할 경향들 일체가 발전해 나옵니다.

예술의 역사적 장을 더욱더 멀리까지 밝혀 줄 이 주요한 진원들은 연속성을 고취합니다. 우리가 심히 남용하는 단어, 그러면서도 여신처럼 추앙하는 '발전(évolution)'이라는 단어에 진정한 의미, 유일하게 정당한 의미를 부여하는 것이 이 연속성이지요. 말 나온 김에 한마디 하자면 이 여신은 행실이 고약해서 자기랑 똑 닮은 작은 신화를 사생아로 낳기에 이르렀는데요, 그 신화의 이름이 바로 대문자 P를 쓰는 '진보(Progrès)'가 되겠습니다.

진보라는 종교의 신봉자들에게는 항상, 또한 반드시 어제보다 오늘이 낫습니다. 결과적으로 음악 영역에서도 지금과 같은 대규모 오케스트라가 과거의 소박한 악단보다 진보한 것이라고 생각하지요. 베토벤의 오케스트라보다 바그너의 오케스트라가 진보했다는 식으로요. 과연 어느 쪽을 더 선호할 만한지 그 판단은 여러분에게 맡기겠습니다.

문화의 발전을 가능케 하는 다행스러운 연속성은 일종의

일반 법칙처럼 나타납니다. 이 일반 법칙에도 몇 가지 예외는 있지만 그 예외들조차 규칙을 확인시키기 위해 일부러 만들어진 것만 같지요.

실제로 예술의 지평선에는 군데군데 기원도 알 수 없고 존재 자체가 이해 안 되는 표석(漂石)이 어렴풋이 보입니다. 이 커다란 돌덩이들은 우발성의 존재, 어느 선까지는 우발성의 정당함까지도 입증하기 위해서 하늘이 내려보낸 것 같지요. 이러한 불연속적 요소들, 이 자연의 변덕은 음악 예술에서 여러 가지 이름을 얻었습니다. 그중에서도 제일 희한한 이름이 엑토르 베를리오즈죠. 베를리오즈의 명성은 높습니다. 그 명성은 무엇보다도 더없이 불안한 독창성을 보여 주는 오케스트라에 대한 '재주(brio)'에서 나왔지요. 그런데 순전히 근거도 없고 동기도 없는 그 독창성으로는 음악적 착상의 빈곤함을 감출 수가 없었습니다. 베를리오즈가 교향시의 주창자 중 한 사람이라고는 하지만 나는 그런 유의 작곡이(게다가 교향시의 이력은 상당히 짧게 끝났지요.) 교향악의 주요 형식으로서의 자격을 얻을 수 없다고 봅니다. 교향시가 완전히 음악 외적인 요소들에 기꺼이 좌우되려고 하기 때문이에요. 그런 점에서 베를리오즈의 영향은 음악적이라기보다는 미학적입니다. 그 영향은 리스트, 발라키레프, 그리고 젊은 날의 림스키코르사코프에게 미쳤으되 정말로 중요한 본질을 건드리지 못했어요.

우리가 말하는 주요한 진원들은요, 여기에 불이 붙었다 하면 반드시 음악계에 뿌리 깊은 동요가 일어나게 되어 있습니다. 그러다 동요가 차츰 가라앉지요. 열기는 조금씩 식어 가고 마침내 선생 노릇 하는 사람들 외에는 그 열기를 아무도 못 느끼게 됩니다. 이때 아카데미즘이 탄생하지요. 그러나 새로운 진원은 등장하고 역사는 계속됩니다. 역사가 아무 충돌도 없이, 돌발적 사고도 없이 이어진다는 말은 아니에요. 우리가 살아가는 이 시대는 하루가 다르게 연속성의 의미, 공통 언어에 대한 취향을 잃어 가는 음악 문화의 실례를 제시합니다.

우리가 사는 세상을 지배하려는 경향이 있는 개인의 변덕, 지적 무정부 상태는 예술가를 동료 예술가들에게서 고립시키고 대중의 눈에 무슨 괴물처럼 비치지 않을 수 없게 합니다. 자신의 언어, 어휘, 예술적 장치를 스스로 만들어 내는 독창성의 괴물 말입니다. 예술가에게 검증된 소재와 기존의 형식을 사용하는 것이 그에게는 대개 금지됩니다. 그래서 자기 예술에 귀 기울일 청중과 아무 관계도 없는 자기 특유의 관용어를 구사하게 되는 거죠. 그의 예술은 정말로 유일무이해지고 바로 그렇기 때문에 소통 불가능하게 사방으로 꽉 닫혀 있습니다. 이제 표석은 예외적인 호기심거리가 아니죠. 이제 새로운 신도들이 모방하면서 경쟁심을 불태워야 할 유일한 본보기가 되는 겁니다.

역사에서도 이러한 전통의 완전한 단절에 부응하여 양립 불가능하고 상호 모순적인 무질서한 경향들이 떼거지로 등장했습니다. 바흐, 헨델, 비발디의 제자들이 스승이 구사하던 언어와 현저히 동일한 언어를 본받아 구사하면서도 부지불식간에 자기 개성에 따라 그 언어에 미묘한 변화를 가하던 시대는 이제 끝났어요. 하이든, 모차르트, 치마로사가 작품을 통해 서로에게 화답하고 그 작품들이 다시 그들의 계승자들에게 본보기가 되었던 시대는 끝났습니다. 가령 로시니는 그러한 후계자의 한 사람으로서, 모차르트가 자신의 청춘으로는 기쁨을, 성숙기로는 절망을, 말년으로는 위안을 만들었다고 참으로 감동적으로 말하곤 했습니다.

그러한 시대는 가고 이제 소재 차원에서 모든 것을 획일화하려는 새로운 시대가 왔습니다. 이 시대는 그러면서도 무정부적인 개인주의를 위해 정신 영역에서 모든 보편성을 깨뜨리려고 하지요. 이리하여 문화의 보편적 진원들은 개별화되었습니다. 그 진원들은 국가적 틀, 나아가 지역의 틀로 일단 집중되었다가 흩어져 버렸고 결국에는 사라지고 말았습니다.

오늘날의 예술가는 본인이 원하든 원하지 않든 이 지독한 술책에 말려 들어가지 않을 수 없습니다. 그리고 이 상황을 즐기는 맹한 사람들이 있습니다. 나아가 이 상황을 용인하는 죄인들도 있고요. 그저 몇 명의 예술가들만이 모든 것이 그들을 사회적 삶으로 초대하는 와중에도 그들 자신은 내향적으로 가라앉지 않을 수 없게 하는 이 고독을 겁냅니다.

우리는 보편성의 혜택을 잃어 가고 있습니다. 그러한 보편성은 우리를 사로잡기 시작하는 세계 시민주의와 전혀 다릅니다. 보편성은 도처에 퍼져 널리 소통되는 문화의 풍요를 전제하는 반면, 세계 시민주의는 행위나 교의를 마련하지 않고 불모의 절충주의가 지니는 무관심한 수동성만을 불러옵니다.

보편성은 반드시 기존 질서에 대한 복종을 명시합니다. 또한 보편성의 이유들에는 설득력이 있습니다. 그 질서에 대한 복종은 애정 때문일 수도 있고 조심성 때문일 수도 있습니다. 어떤 경우든지 복종으로 인한 이득은 지체 없이 주어집니다.

중세 사회는 정신의 우위성과 인격의 존엄성을 인정하고 보호했습니다. (여기서 말하는 인격을 개인과 혼동해서는 안 됩니다.) 그 같은 사회에서는 모두가 가치의 위계, 도덕적 원칙들 일체를 인정했기 때문에 만물의 질서라는 게 있었지요. 그래서 다들 선과 악, 참과 거짓 같은 근본 개념들에 동의할 수가 있었습니다. 나는 아름다움과 추함은 그러한 근본 개념들로 치지 않습니다. 그렇게 주관적인 영역에 교의를 세우려는 태도는 아무 쓸모가 없기 때문입니다.

그러니 사회적 행태가 결코 이러한 문제들을 직접적으로 지배하지 못한다 해서 놀랄 일은 아닙니다. 사실 문명이 어떤 미학을 공표한다고 해서 그 문명의 질서가 예술 작품과 사유로 전달되는 것은 아니죠. 인간의 지위를 향상시킴으로써, 예술가 안의 건실한 노동자적인 면을 고양함으로써 비로소 그렇게 되는 겁니다. 그 축복받은 시대의 건실한 장인은 '유용(utile)'의 범주를 통해서만 '아름다움(beau)'에 도달하기를 꿈꾸었습니다. 그러한 장인은 무엇보다도 '참된(vrai)' 질서에 따라서 '잘(bien)' 실행된 작업의 엄정성을 두고 고민했지요. 그로써 발생하게 될 미학적 인상은 애초에 기대하지 않았을 때에만 충실하게 얻을 수 있을 겁니다. 17세기 프랑스 화가 푸생[20]은 "예술의 목적은 쾌락에 있다."라고 아주 잘 말해 주었지요. 그는 쾌락이 예술의 목적이라고 했지, 예술가의 목적이라고 하지 않았습니다. 예술가는 이루어야 할 작품의 요구들에 계속 종속되어 있어야만 하니까요.

대상에 대한 엄격한 복종에서 자유를 발견한다는 것은 언뜻 역설적으로 보일 수 있으나 경험적 사실입니다. 앙드레 보나르가 빼어난 번역으로 소개한 소포클레스의 『안티고네』에는 이런 대사가 있지요. "고집스러운 것은 지혜가 아니라 어리석음이오. 나무들을 보시오. 나무들이 폭풍이 부는 대로 함께 움직여 주면 가장 여린 나뭇가지들을 지켜 냅니다. 그러나 나무들이 바람에 맞서 버티려고만 한다면 뿌리까지 홀라당 뽑히고 말지요."

가장 좋은 예를 들어 보지요. 푸가는 음악이 음악 외의 그 무엇도 의미하지 않는 완전한 형식입니다. 그러나 푸가가 규칙에 대한 작곡가의 복종을 의미하지 않을 수 있습니까? 작곡가는 그 제약 속에서 창작의 자유를 활짝 꽃피우지 않나요? 레오나르도 다빈치도 말했죠. "힘은 제약에서 태어나 자유로 인하여 죽는다."

불복종은 그 반대를 의기양양하게 자랑하면서 자유에서 힘의 원리를 찾겠다는 희망, 언제나 무산되고 마는 그 희망을 품고 제약을 폐기합니다. 그러나 불복종은 변덕의 임의성과 기발함의 무질서밖에 발견하지 못합니다. 그래서 모든 종류의 통제를 잃고 헤매다가 결국 완전히 음악의 범위와 능력 밖에 있는 것들을 음악에 요구하기에 이르죠. 사실 음악이 감정을 표현하고, 극적 상황을 나타내고, 자연을 모방하기를 기대하는 것 자체가 불가능을 요구하는 거잖아요? 게다가 이른바 '계몽의 진보'라는 것을 낳은 세기는 음악을 삽화가 노릇에 묶어 두는 걸로는 부족하다는 듯이 점입가경의 부조리를 저질렀지요. 가극 속의 다양한 인물들과 다양한 감정들이라는 부대사항에 마치 대기실 번호를 배분하듯 '라이트모티프(leitmotiv)'(유도 동기)를 배분한 겁니다. 드뷔시가 바그너의 반지 3부작이 거대한 음악적 인명록처럼 보인다고 말했던 이유도 여기에 있습니다.

바그너의 라이트모티프는 두 종류가 있습니다. 한 종류는 추상적 관념(운명의 테마, 복수의 테마 등)을 상징합니다. 또 한 종류는 구체적인 인물이나 사물을 나타낸다고 합니다. 가령 검이라든가 고명한 니벨룽 가문을 나타내는 식이죠.

온갖 것들에 새로운 증거를 요구하고 기존 형식의 관습적인 요소를 폭로하며 사악한 기쁨을 얻는 회의주의자들이 희한하게도 특정 악절이 관념, 등장인물, 사물과 동일시된다는 이 주장의 필연성, 아니 적합성조차도 따지지 않았습니다. 바그너가 그만큼 대단한 천재이기 때문에 그러한 동일시가 정당화될 수 있다고 누군가가 말한다면 나는 도처에 널리 퍼져 있는 같잖은 바그너 안내서들은 도대체 뭐에 쓰는 거냐고 묻고 싶네요. 드뷔시가 언급했던 음악적 인명록을 구체적으로 보여 주는 듯한 그 안내서들 때문에 「신들의 황혼」 공연에 참석하는 바그너 초심자들은 흡사 엠파이어 스테이트 빌딩 위에서 뉴욕 지도를 펴 들고 어디가 어딘지 찾아보는 관광객들처럼 보입니다. 이러한 요점 정리 책들이 바그너 사상에 대한 모욕이자 배신이라는 말은 하지 맙시다. 그런 책들도 필요가 있으니 그처럼 성행하는 것 아니겠습니까.

결국 그러한 예술적 반역자들에게서 거슬리는 부분은(바그너는 그러한 반역자의 완성형이죠.) 관습들을 몰아낸다는 기치 아래 임의적이기는 마찬가지이고 훨씬 더 거추장스러운 관습들을 끌어들이는 체계의 정신입니다. 요컨대 우리는 따지고 보면 해로울 것도 없는 임의성 그 자체가 아니라 그러한 임의성이 원칙으로 세우는 체계를 못 참겠는 거예요. 마침 딱 좋은 예가 떠오르는군요. 우리는 음악의 목표는 모방이 아니요, 그럴 수도 없다고 말했었지요. 하지만 순전히 우발적인 이유에서 음악이 이 원칙에 예외를 둔다면 그 예외 자체가 어떤 관습의 기원이 될 수도 있습니다. 음악가가 예외를 일반적인 수법처럼 사용할 기회를 얻게 되는 거죠. 베르디는 「리골레토」의 저 유명한 폭풍우 장면에서 자기 이전의 수많은 작곡가들이 써먹었던 공식을 거리낌 없이 사용했습니다. 그는 여기에 자신의 음악적 착상을 더했고, 전통을 벗어나지 않으면서도 평범한 수법에서 완전히 독창적이고 작곡가의 진면목을 보여 주는 대목을 끌어냈어요. 그런 점이 아첨꾼들이 이탈리아 정신을 깔아뭉개면서까지 떠받드는 바그너 체계와 영 딴판이라는 데에는 모두가 동의하겠지요. 그토록 섬세한 사상가들도 교향악성을 문학적 주석을 끊임없이 끌어낼 수 있는 계기인 양 간주하고 그 안에 빠져 헤매면서 이탈리아 정신을 멸시하지 않았습니까.

요컨대 클리셰(cliché)의 차용 자체는 위험하지 않습니다. 클리셰를 만들어 내고 법과 같은 힘을 부여하니까 위험한 거죠. 그러한 횡포는 쇠퇴한 낭만파의 발현에 불과합니다.

낭만파, 고전파는 우리가 워낙 다양한 뜻으로 쓰는 단어들이니 내가 끝없는 논쟁, 특히 말싸움에 들어갈 거라는 기대는 하지 마십시오. 어쨌든 매우 일반적인 의미에서 우리가 규정한 복종과 불복종의 원리가 작품을 대하는 고전파와 낭만파의 태도를 대략 특징짓는다는 점은 변하지 않아요. 게다가 이건 완전히 이론적인 구분이죠. 우리는 항상 음악적 착상의 기원에서 복종의 정신이 취하지 않는 어떤 비합리적 요소, 그 정신의 제약을 벗어나는 요소를 발견하거든요. 앙드레 지드는 고전주의 작품은 낭만주의를 길들였다는 바로 그 이유에서 아름답다고 말했는데 정말 절묘한 표현이지요. 지드의 이 아포리즘에서 두드러지는 것은 결국 길들이기의 필요성입니다. 예를 들어 차이콥스키의 작품을 보세요. 그 작품은 무엇으로 이루어져 있습니까? 어차피 그 작품들도 낭만파가 즐겨 찾던 무기 창고를 출처로 삼지 않나요? 차이콥스키의 주제들, 그리고 그의 기세는 대부분 낭만적이죠. 다만, 그가 작품 만들기에 임하는 태도는 전혀 낭만파가 아니었습니다. 악구를 나누고 아름답게 배치하는 그의 솜씨 이상으로 우리의 취향을 만족시킬 만한 것이 있을까요? 내가 드물게 진심으로 좋아하는 소수의 러시아 음악가 중 한 사람을 찬양할 심사로 괜한 소리를 한다고 생각지 마십시오. 나는 차이콥스키라는 예가 정말로 인상적이기 때문에 이 자리에서 들었을 뿐입니다. 동일한 관점에서 우리와 좀 더 거리가 있는 또 다른 낭만파 작곡가의 음악이 인상적인 것처럼 말이죠. 그 음악가는 바로 카를 마리아 폰 베버입니다. 나는 그의 소나타들을 염두에 두고 말하는 겁니다. 베버의 소나타들은 기악적으로 어찌나 엄격한 태도를 유지하는지 가끔씩 허용하는 몇 번의 루바토조차도 조련사의 명민하고 변함없는 통제력을 숨기지 못해요. 베버의 오페라 「마탄(魔彈)의 사수」, 「오이리안테」, 「오베론」을 한쪽에 놓고 다른 쪽에 바그너의 「방황하는 네덜란드인」, 「탄호이저」, 「로엔그린」과 예의 될 대로 되라는 식의 해이함을 놓고 보면 달라도 어쩌면 그리 다른지요. 그 대조는 충격적입니다. 안됐지만 바그너의 악극이 (스승이었던) 베버의 경이로운 오페라 작품보다 우리네 극장 무대에 더 자주 오르는 것은 결코 우연이 아닙니다!

요약해 봅시다. 작품의 명확한 구성적 배치, 작품의 결정 작용에서 중요한 것은, 예술가의 상상력을 가동시키고 양분이 되는 수액을 빨아올리는 모든 디오니소스적 요소들에 취하기 전에 일단 그것들을 제대로 길들이는 겁니다. 최종적으로 그 요소들은 법에 종속되어야 하겠지요. 아폴론이 그것을 요구하니까요.

고전파와 낭만파의 끝나지 않는 싸움을 더 끌고 나가는 것은 내 취미에도 안 맞고 내 의도도 아닙니다. 이 문제에 대한 내 입장을 분명히 하기 위해 필요한 말은 충분히 했습니다. 하지만 긴밀하게 연결되어 있는 다른 문제, 즉 모더니즘과 아카데미즘의 또 다른 대립에 여러분의 관심을 촉구하지 않는다면 내 임무를 다했다고 생각하기 어려울 것 같습니다.

우선 모더니즘이라는 단어만큼 생기다 만 신조어가 또 있을까요? 모더니즘은 도대체 뭘 뜻하는 걸까요? 그나마 가장 잘 정의된 의미에 따르면 자유주의 신학의 한 형태를 가리키는데, 로마 가톨릭교회는 그러한 모더니즘을 그릇된 것으로 단죄했지요. 예술에 적용되는 모더니즘도 그와 유사한 단죄를 받아야 할까요? 안타깝지만 나는 그럴 것 같다는 생각이 드네요……. 모던한 것은 그 시대에 속한 것, 그 시대의 기준과 범위에 있어야 하는 것이죠. 예술가들은 지나치게 모던하다, 혹은 충분히 모던하지 않다는 비판을 받곤 합니다. 또한 시대에 대해서도 모던하지 않다, 지나치게 모던하다는 비판이 있을 수 있겠지요. 최근의 여론 조사가 보여 준 대로라면 베토벤은 미국에서 가장 수요가 많은 작곡가입니다. 그렇다면 우리는 베토벤이 매우 모던하다고 말할 수 있을 겁니다. 대중이 좋아하는 작곡가 명단에 이름조차 올리지 못한 파울 힌데미트가 전혀 중요하지 않은 만큼, 베토벤은 뚜렷한 중요성을 띠는 작곡가라고 말할 수 있을 거예요.

모더니즘이라는 단어 자체는 찬양도 비난도 함축하지 않으며 어떤 의무도 끌어들이지 않습니다. 그게 바로 모더니즘의 약점입니다. 이 단어는 우리가 원하는 적용을 빌미로 빠져 나갑니다. 그래요, 사람은 자기 시대와 더불어 살아야 한다고 들 하지요. 이 조언은 피상적입니다. 아니, 시대와 더불어 살지 않을 방법이 있기나 해요? 내가 과거를 다시 살아 보고 싶어 한들 그 죄스러운 의지에 각고의 노력을 기울여 봤자 헛수고 일 겁니다.

이 공허한 말이 두루 쓰기 좋으니까 각자가 자기 뜻대로 형태와 색채를 부여하려 했다는 점은 분명합니다. 하지만 여 기서도 그들은 모더니즘이라는 말을 어떤 뜻으로 쓴 걸까요? 옛날에는 거의 쓰이지 않는 단어, 나아가 미지의 단어였는데 말이죠. 그렇지만 선조들이 우리보다 어리석었던 것은 아닙니 다. 모더니즘은 일종의 발견일까요? 우리는 전혀 그렇지 않다 는 것을 보여 주었죠. 그보다는 풍속과 취향의 타락을 나타내 는 표시가 아니었을까요? 나는 아무래도 그런 방향으로 봐야 할 거라고 생각합니다.

결론적으로 내 바람은 여러분도 나 자신처럼 이 표현에 당 혹감을 느껴 주었으면 하는 겁니다. 거짓말을 단념하고 엄밀한 의미에서의 스노비즘에 영합하는 것을 모더니즘이라고 부른 다고 속 시원히 인정해 버리면 훨씬 간단할 거예요. 그런데 정 말로 스노비즘에 영합하는 수고를 들일 필요가 있습니까?

모더니즘이라는 용어는 의미가 명백한 다른 용어와 으레

나란히 비교되기 때문에 더욱더 계제가 나쁩니다. 이건 아카데미즘을 두고 하는 말이에요.

작품이 학교의 가르침에 따라 엄밀하게 구성되었을 때 흔히 아카데믹하다는 말을 듣지요. 아카데미즘은 모방에 기초한 학습 과제처럼 간주되지만 그럼에도 무척 유용한 것이고, 나아가 본보기를 연구하며 자기를 갈고닦는 초심자들에게는 필수적인 것입니다. 이 때문에 아카데미즘은 학교 밖에서 설 자리를 찾지 못했을 겁니다. 또한 아카데미즘을 이미 지나간 수업 시대의 이상으로 여기는 자들은 부자연스러운 교정 작업에서 무미건조하고 생기 없는 결과물밖에 얻지 못하지요.

오늘날의 음악학자들은 모든 신작을 모더니즘을 기준으로 평가하는 습관이 있습니다. 다시 말해 그들은 공허하기 짝이 없는 것을 기준으로 삼고 아카데미즘은 모더니즘의 반대라고 생각해서 그들이 모더니즘의 진수 중의 진수라고 보는 기상천외함과 들어맞지 않는 작품은 전부 다 너무 성급히 아카데미즘으로 치부해 버리죠. 이러한 비평가들은 조화롭지 않고 혼란스럽게 보이는 것을 자동적으로 모더니즘으로 떠넘깁니다. 반면 분명히 명쾌하고 질서 잡힌 작품, 애매한 구석이 전혀 없어서 금세 빠져들 수 있는 작품은 아카데미즘으로 분류되고요. 그런데 우리는 아카데믹한 형식들을 활용하면서도 아카데미주의자가 될 위험에 빠지지 않을 수 있습니다. 그러한 형식들의 필요성을 느끼면서도 빌려 쓰기를 싫어하는 사람은 자기 약점을 분명히 드러내는 겁니다. 음악과 음악의 미래를 잘 판단할 수 있노라 자처하는 자들에게서 이 희한한 몰이해를 얼마나 많이 볼 수 있었는지요! 바로 그 음악학자들이 옛 민요나 성가를 빌려다가 그러한 음악의 본질과 도저히 어울릴 수 없는 기법에 따라 편곡하는 행태는 자연스럽고 타당한 것인 양 간주하니 더욱더 이해가 안 갑니다. 그들은 유도 동기가 우스꽝스럽게 활용되어도 놀라지 않고 쿡(Cook) 여행사가 주관하는 바이로이트 바그너 음악 투어를 좋다고 따라갑니다. 그들은 이국적인 스케일, 한물간 악기들, 작품에서의 용도와는 전혀 다른 용도로 고안된 기법들을 활용하는 교향곡의 도입부만 듣고도 박수갈채를 보내며 자기들이 시대의 첨단을 걷는다고 믿어요. 자신을 있는 그대로 드러낸다는 생각만 해도 덜컥 겁이 나니까 괜히 가엾은 아카데미즘에 덤벼듭니다. 자기가 좋아하는 작곡가들이 감히 건드리기 두려워했던 용법들로 익히 구별되는 형식들에는 그들도 똑같이 겁을 먹기 때문이죠.

나 자신은 아카데믹한 자세를 자주 취했고 그로써 느끼는 즐거움을 숨기려 하지도 않았습니다. 그 때문에 나 역시 그러한 비평가 선생들의 회초리를 피해 갈 수 없었지요.

나의 가장 무서운 적들은 명예롭게도 내가 무엇을 하고 있는지 항상 정확하게 알고 있노라 인정할 수 있게 해 주었습

니다. 아카데믹한 기질은 습득되는 것이 아닙니다. 기질은 후
천적으로 습득하는 게 아니죠. 그런데 나는 아카데미즘 고유
의 기질을 타고난 사람은 아닙니다. 그래서 항상 의식적으로
자진해서 아카데믹한 형식들을 활용하고 있어요. 민속 음악
을 차용할 때만큼이나 의식적으로 하는 일이라고요. 그것들은
내 작품의 원료입니다. 나의 검열자들이 애초에 유지 불가능
한 태도를 취하는 게 웃깁니다. 언젠가는 그들이 원하든 원하
지 않든 나에게서 부정했던 바로 그것을 인정해야만 할 테니
까요.

나는 모던하다기보다는 아카데믹한 음악가도 아니고, 보
수적이라기보다는 모던한 음악가도 아닙니다. 「풀치넬라」가
그 점을 입증하기에는 충분할 거예요. 이제 그럼 내가 어떤 음
악가인지 궁금합니까? 나라는 사람은 내 강연의 주제 밖에 있
으니 나에 대해서 상세히 논하지는 않으렵니다. 행여 나 자신
에 대해 여러분에게 조금 얘기하게 된다면 어디까지나 개인적
이고도 구체적인 사례를 들어 가며 내 생각을 좀 더 잘 설명하
기 위해서입니다. 어쨌든 나 자신이 무대에 오르지 않는 대가
랄까, 나의 침묵을 보상하기 위해 다른 사례들을 들 수도 있을
겁니다. 그 예들은 비평이 여러 시대 속에서 정보 제공자라는
역할을 어떻게 수행했는지 더 잘 보여 줄 거예요.

1737년에 독일 음악학자 샤이베[21]는 바흐에 대해서 이렇

게 썼습니다. "이 위대한 인물이 조금 더 기분 좋은 음악을 했더라면, 지나친 과장과 혼란으로 작품을 망치지만 않았다면, 지나친 기교로 작품의 아름다움을 흐리지만 않았더라면 세상 모든 나라들의 칭송을 받았을 것이다."

자, 이제 실러가(그래요, 그 유명한 실러 말입니다.) 어느 저녁 공연에서 하이든의 「천지창조」를 듣고서 뭐라고 했는지 알고 싶은가요? "개성은 없으면서 혼미하기만 하다. 하이든은 능숙한 예술가이지만 영감이 부족하다. (원문 그대로의 표현입니다.) 전체적으로 냉랭하기 짝이 없다."

유명 작곡가 루트비히 슈포어[22]는 베토벤 사후 30년에 「교향곡 9번」을 듣고서 자기가 늘 하던 말을 뒷받침하기 좋은 논거를 그 작품에서 찾았다 생각했습니다. 슈포어는 항상 베토벤에게 미학에 대한 교육과 "아름다움에 대한 감각"이 부족하다 여겼거든요. 이 예들도 나쁘지 않습니다만 더 확실한 예가 있습니다. 우리는 시인 프란츠 그릴파르처[23]가 베버의 「오이리안테」에 대해서 피력한 의견을 더할 나위 없는 한 입으로 남겨 두었거든요. "질서 잡힌 구성과 색채가 전혀 없다. 이 음악은 끔찍하다. 활음조(滑音調)의 이 전복, 아름다움에 대한 이 능욕은 그리스의 위대한 세기의 법에 따라서 처벌받아야 한다. 이 같은 음악은 경찰 관할에나 속할 법하다."

이러한 선례들이 있기에 나는 자격도 없는 비평가들에게

발끈해서 스스로를 옹호하거나 그들이 나의 노력에 별로 관심을 기울이지 않는다고 불평하는 우스운 꼴을 보이지 않게 되었습니다.

내가 비평의 권리를 반박한다는 뜻은 아닙니다. 오히려 그 권리가 너무나도 미흡하게, 너무 자주 부적절하게 행사되고 있어서 유감스러울 뿐입니다.

사전은 '비평'을 '문학적 생산과 예술 작품을 판단하는 예술'로 정의하고 있습니다. 우리도 기꺼이 이 정의를 따르는 바입니다. 비평이 일종의 예술이라면 비평 그 자체도 우리의 비평을 피해 갈 수 없습니다. 우리가 비평에 바라는 것은 무엇일까요? 우리는 비평이라는 영역에 어떤 한계를 부여할까요?

우리는 진실로 비평이 자유로이 고유한 기능을 행사하기 바랍니다. 비평의 고유한 기능이란 완성된 작품을 판단하는 것이지, 작품의 기원이나 의도가 정당한가를 미주알고주알 따지는 것이 아니에요.

작가는 적어도 작품으로 판단받을 기회를 비평에 바랄 권리가 있습니다. 작업 원칙 자체를 붙잡고 늘어져 끝도 없이 반박해 봤자 무슨 소용이 있나요? 피상적인 질문 공세로 작가를 피곤하게 해 봤자 뭐 좋을 게 있답니까? 특정한 주제, 줄거리, 기법, 기악 형식을 왜 택했는지 물어봐서 뭐 하게요? 한마디로 말해서, 작품 그 자체로 '어떻게'를 찾아내고 성공 혹은 실패의 이유를 생각해 보지 않고 '왜'라는 물음으로 작가를 괴롭혀서 뭐 할 거예요?

확실히 대답을 제시하는 것보다는 질문을 퍼붓는 게 쉽지요. 해명보다는 물음이 더 쉬워요.

자칭 예술 작품의 심판을 업으로 삼는 자들보다는 대중이 항상 더 자발적인 판단에 충실하다고 나는 굳게 믿습니다. 웬만큼 이력을 쌓다 보면 굉장히 다양한 대중을 접할 기회가 있었을 것 같지 않습니까? 나 자신도 작곡가이자 연주자로서 충분히 확인할 기회가 있었습니다. 청중이 작품에 대해서 호의적이거나 비호의적인 선입관을 적게 가질수록 그들의 반응은 음악 예술의 발전에 건강하고 이롭게 나타난다는 사실을요.

어느 기지 넘치는 예술가는 최근 발표한 희곡에서 실패를 겪고는 대중의 자질이 점점 더 형편없어진다고 선언했지요……. 나는 오히려 그 반대로 작가들의 자질이 점점 더 형편없어지고 대중은 자질까지는 몰라도(자질이라는 것 자체가 집단의 속성은 아니잖아요.) 항상 제값에 걸맞은 반응을 낳는 신선한 자발성에 충실하다고 말하겠습니다. 아직까지는 대중이 스노비즘의 바이러스에 감염되지 않았다면 말입니다.

사람들이 예술가들에게 이런 말을 곧잘 하는 듯합니다. "왜 속물들을 못마땅하게 여깁니까? 그들이야말로 새로운 경향의 가장 쓸모 있는 심복들 아닌가요? 속물들은 신념에 불타서 새로운 경향을 떠받들든가, 신념이 없으면 자기네들의 속물근성 때문에라도 떠받들잖아요. 그들이야말로 당신에게 최고의 고객들이죠." 나는 그들이 진상 고객, 가짜 고객이라고 대답하겠습니다. 속물들은 진리와 오류를 똑같이 순순히 섬기니까요. 모든 대의들을 떠받들다 보면 가장 좋은 대의들은 돌이킬 수 없이 망가집니다. 그들은 최선의 대의와 최악의 대의를 구분 못 하기 때문입니다.

모든 면을 고려하건대, 말하는 사람에게나 듣는 사람에게나 하등 쓸모없는 거짓 찬사보다는 아무것도 못 알아먹겠다는 순박한 관객의 솔직한 욕설이 훨씬 내 마음에 듭니다.

모든 종류의 악이 그렇듯이 스노비즘도 자기 자신과는 상반되는 또 다른 악을 낳는 경향이 있습니다. 그게 바로 허세주의(pompiérisme)죠. 결국 속물은 허세를 떠는 사람에 불과합니다. 전위적인 허세가라고 할까요.

전위적인 허세가들은 프로이트주의나 마르크스주의를 논하듯 음악을 논합니다. 그들은 매사에 정신분석학의 '콤플렉스'를 갖다 붙이고 요즘은 내키지 않아 하면서도(그렇지만 스노비즘에 따라서 어쩔 수 없이) 위대한 성인 토마스 아퀴나스와 친숙해지려는 판국입니다.[24] 모든 면을 고려해 보건대 이런 종류의 허세가들보다는 그나마 멜로디가 어쩌고저쩌고 하면서 가슴에 손을 얹고 감정의 불가침한 권리를 요구하는 단순한 허세가들이 낫습니다. 그래도 후자는 감정의 우선권을 옹호하고, 고결함에 대한 관심을 드러내며, 기회가 닿으면 동양적 회화성의 모험에 기꺼이 빠져들고, 내 작품 「불새」를 꽤나 좋아해 주기도 하죠. 아, 물론 꼭 그 이유 때문에 내가 이쪽 허세가 그나마 저쪽 허세가보다 낫다고 하는 건 아니에요……. 나는 그저 이들이 훨씬 덜 유해하다고 봅니다. 게다가 전위적인 허세가들은 고루한 허세가들을 과도하게 얕잡아 보는 우를 범했습니다. 어차피 양쪽 다 평생 허세를 부리기는 마찬가지지만 혁명적 허세가가 구태의연한 허세가보다 훨씬 빨리 유행에서 밀려나게 마련이죠. 세월의 위협은 전위적인 이들에게 더 크답니다.

진짜배기 음악 애호가는 진짜배기 후원자가 그렇듯 이런 부류에 끼지 않습니다. 그러나 모든 진정한 가치가 그렇듯 진정한 음악 애호가와 진정한 후원자는 몹시 드물지요. 늙다리 허세가가 부르주아 계층에 속한다면 거짓 후원자는 대개 속물들의 반열에 속해 있습니다.

앞에서 말한 이유들 때문에 나는 부르주아보다 속물이 좀 더 성가십니다. 부르주아를 공격하기는 쉬워도 너무 쉽다는 것이지, 내가 딱히 부르주아를 옹호한다는 뜻은 아닙니다. 부르주아에 대한 공격은 그쪽 분야 전문가들, 즉 공산주의자들에게 맡기렵니다. 휴머니즘과 영성 계발이라는 관점에서 부르주아가 장애물이자 위험이라는 얘기는 굳이 할 필요도 없겠죠. 그러나 이 위험을 너무 익히 알기 때문에 걱정조차 하지 않는 걸까요. 있는 그대로 비난받지 않는 또 다른 위험인 스노비즘도 그 점은 마찬가지입니다.

마지막으로, 후원이 예술 발전에 근본적으로 중요한 역할을 해 왔다는 말을 짧게나마 하고 넘어가지 않을 수 없습니다. 시대가 가혹하고 우민 정치가 대세이다 보니 국가를 어리석은 평등을 적용하는 익명의 후원자로 만들려는 경향이 있는데요. 그래서 우리는 요한 제바스티안 바흐에게 큰 도움을 주었던 브란덴부르크 선제후, 하이든을 보살폈던 에스테르하지 공, 바그너를 싸고돌았던 바이에른 왕 루트비히 2세 같은 존재를 아쉬워하지 않을 수 없습니다. 예술 후원은 날이 갈수록 힘을 잃고 있으나 아직도 남아 있는 일부 후원자들을 높이 기립시다. 예술가들의 아름다운 찬조의 대가로 차 한 잔을 대접하는 가난한 후원자에서부터, 기부 담당 비서진에 넉넉한 재산을 배분하는 일을 일임함으로써 자기도 모르게 예술 후원자가 되는 익명의 갑부에 이르기까지, 그들 모두를 드높입시다.

5
러시아 음악의 현신들

"쇄신은 전통과 함께 갈 때에만
생산적일 수 있습니다."

스트라빈스키

우리는 왜 러시아 음악을 그냥 음악으로서가 아니라 러시아 음악으로서만 논하는 걸까요? 회화적 성격, 특이한 리듬, 오케스트라의 음색, 동양풍, 한마디로 토착색에 집착하기 때문입니다. 러시아적인 배경에 참여하거나 그러한 배경을 표방하는 것들에 관심을 두는 까닭이지요. 트로이카, 보드카, 전통 가옥 이즈바, 전통 악기 발랄라이카, 정교회 사제, 대귀족 보야르, 전통 주전자 사모바르, 니치보(ничего),[25] 심지어 볼셰비키주의까지도 그렇습니다. 볼셰비키주의의 쇼윈도도 비슷한 데가 있으니까요. 그래도 그 쇼윈도에는 강령의 요구에 좀 더 잘 부합하는 또 다른 이름들이 붙어 있습니다.

내가 러시아를 다른 시각에서 고려하더라도 양해해 주었으면 합니다. 나의 의도가 바로 이 영원한 오해를 불식시키고 여러분이 관점의 오류를 바로잡게끔 도우려는 데 있으니까요.

내가 강의 하나를 러시아 음악에 할애하기로 마음먹은 이유는 나의 출신에 특별한 애착이 있어서라기보다는 러시아 음악, 특히 이 음악의 최근 발전 양상이 내가 여러분에게 제시하고 싶은 특정 주제들을 아주 특징적이고 의미심장하게 보여 주기 때문입니다. 따라서 나는 음악사적 관점에서 러시아 음악을 다루지 않고 내가 이 음악의 현신(avatar)들이라고 부르는 바에 주안점을 둘 거예요. 그러한 변모들은 아주 짧은 기간 동안 다 이루어졌는데, 그 이유는 러시아에서 클래식 음악이 탄생한 시기가 고작 100여 년 전이기 때문입니다. 일반적으로 그 시기는 글린카가 처음으로 작품을 내놓은 시기와 일치한다고 봅니다.

이미 글린카에서부터 민속 음악이 러시아 음악에 활용되는 양상을 볼 수 있습니다. 오페라 「황제에게 바친 목숨」에서 민중의 노래(mélos)는 꽤 자연스럽게 클래식 음악에 도입되었지요. 글린카는 여기서 관습적 규칙을 따르지 않았습니다. 그는 국외까지 전파될 만한 광범위한 시도를 마련할 생각을 하지 않았습니다. 그냥 민중적 모티프를 원료로 삼아 본능적으로 당시 유행하던 이탈리아 음악의 용법대로 다루었을 뿐이죠. 글린카는 그의 후계자들 일부가 그랬던 것처럼 진실과의 접촉으로 자신의 원기를 북돋우기 위해 민중과 직접 어울릴 필요가 없었습니다. 글린카는 다만 음악적 즐거움의 요소들을 찾았을 뿐입니다. 이탈리아 음악가들과의 교류에서 습득한 교양을 바탕으로 그는 항상 자연스러운 이탈리아 음악 취향을 견지했습니다. 글린카는 체계를 수립하려는 생각 없이 그냥 자기 작품에 민중적 기원 혹은 감정에서 우러난 노래들을 집어넣었던 겁니다.

다르고미시스키는 글린카보다 박력이나 독창성은 못하지만 훨씬 더 섬세하게 비슷한 취향을 드러냈습니다. 그의 매혹적인 「루살카」, 감미로운 로망스, 가곡 등에서도 아무 수심 없고 더없이 매력적인 자유를 느끼게 하는 러시아 민요와 이탈리아 음악의 오묘한 혼합을 볼 수 있지요.

5인조, 민중주의를 표방한 이 슬라브 애호주의자들은 그때까지 무의식적이었던 민속 음악 활용을 체계로 수립해야 했습니다. 그들은 사상으로 보나 취향으로 보나 민중의 대의를 위한 헌신으로 치우칠 만했습니다. 이 경향이 오늘날 제3인터내셔널의 지침과 부합함으로써 갖게 되는 엄청난 함의가 물론 당시에는 없었지요.

발라키레프, 무소륵스키, 보로딘, 림스키코르사코프, 이네 명에 개성이 다소 덜 두드러지는 체자르 큐이까지 합류해서 다섯 명입니다. 이리하여 5인조는 민요와 전례 성가를 공략하게 되었습니다.

5인조는 각자 재능의 차이는 있었지만 더없이 좋은 뜻에서 민중적 모티프를 클래식 음악에 접목시키려 애썼습니다.

니콜라이 림스키코르사코프(1844-1908년)
림스키코르사코프는 음악 선생으로서 아주 탄탄하고 꽤 높이 평가할 만한
교육적 기초를 놓음으로써 진짜 프로 작곡가들을 키워 냈습니다.
나 자신도 그의 소박하지만 힘 있는 교육자적 자질의 수혜자입니다.

처음에는 그들의 참신함이 기법상의 부족함을 보완해 주었습니다. 그러나 참신함이 계속 새롭게 나오기는 어려운 법이죠. 정말로 흥미로운 실현을 꾀하고 싶어지는 때가 왔고, 그러자면 기법을 완성도 높게 다듬어야 했습니다. 5인조를 결성할 즈음에는 그들 모두 아마추어였지만 결국 차츰 프로가 되었고 그들의 매력이었던 젊음 특유의 아름다움을 잃어 갔습니다.

이리하여 림스키코르사코프는 체계적으로 작곡 공부를 하기 시작하면서 동지들의 아마추어리즘과 결별하고 꽤 훌륭한 음악 선생이 되었지요.

림스키코르사코프는 음악 선생으로서 아주 탄탄하고 꽤 높이 평가할 만한 교육적 기초를 놓음으로써 진짜 프로 작곡가들을 키워 냈습니다. 나 자신도 그의 소박하지만 힘 있는 교육자적 자질의 수혜자입니다.

1880년대를 전후로 부유한 애호가 벨라예프가 러시아 음악에 대한 애정에서 음악 출판업을 해 보려는 생각으로 작은 음악가 모임을 만들었습니다. 여기에 림스키코르사코프의 젊고 명석한 제자 글라주노프, 랴도프, 그 외 여러 작곡가들이 포함되어 있었죠. 그들의 작품은 진지한 프로다운 기법에 관심을 두는 듯 보이면서 새로운 아카데미즘의 우려할 만한 징후들을 드러냈습니다. 벨라예프 서클은 계속 점점 더 아카데미즘으로 기울었지요. 이탈리아 음악은 거부하고 경멸하면서 독일의 기법에는 점점 더 많이 끌려가는 모습이 나타났어요. 그런 점에서 글라주노프가 괜히 '러시아의 브람스'라는 별칭을 얻은 게 아니랍니다.

5인조에 해당하는 하나의 중심에 맞서는 또 다른 중심이 있었습니다. 그 중심은 차이콥스키 한 사람만으로도 힘찬 재능의 빛을 뿜어냈지요. 차이콥스키도 림스키코르사코프처럼 탄탄한 기법을 익혀야 할 필요성을 절감했습니다. 실제로 둘 다 음악원 교수가 되었죠. 림스키코르사코프는 상트페테르부르크에서, 차이콥스키는 모스크바에서 가르쳤습니다. 하지만 차이콥스키의 음악 언어는 글린카의 음악 언어만큼이나 5인조 특유의 편견에서 벗어나 있습니다. 글린카야 이탈리아 노래와 오페라가 지배하는 시대를 살았으니까 그렇다 쳐도, 그 지배가 끝날 무렵 등장한 차이콥스키는 이탈리아 음악만 각별히 좋아했던 것도 아니고 이탈리아 음악에 큰 영향을 받는 음악 공부를 하지도 않았습니다. 차이콥스키는 오히려 독일 음악 학교들의 방법론에 입각해서 음악 공부를 했지요. 그는 자신의 교향악에 뚜렷한 영향을 주었던 슈만과 멘델스존을 좋아한다고 스스럼없이 고백했을 뿐 아니라 동시대를 살았던 프랑스 음악가들, 특히 구노, 비제, 들리브에게 애정 어린 시선을 보냈습니다. 차이콥스키는 섬세하고 주의 깊기로는 러시아 바깥의 세상에 속하지만 비록 5인조처럼 민족주의적이고 민중주의적이지 않을지언정 적어도 테마의 성격, 악구 분절법, 리듬의 모양새를 봐서는 심오한 민족성을 띤다고 말할 수 있습니다.

나는 이탈리아와 결합한 러시아 음악가 글린카, 러시아 민속 음악과 그 시대에 소중했던 자연주의적 사실주의를 결합했던 러시아 5인조, 그리고 서구 문화를 두 팔 벌려 수용함으로써 자신의 진실한 표현을 찾았던 러시아 음악가 차이콥스키에 대해 이야기했습니다.

이러한 경향들은 그중 어떤 것이든 정당하고 이해할 만했습니다. 이 경향들은 어떤 질서에 복종했으니까요. 모두 다 러시아의 역사적인 흐름 속에 위치하는 경향들이었지요. 안타깝게도 벨라예프 서클의 활동에서 예감되었던 아카데미즘은 지체 없이 아류들을 양산해 냈던 반면, 차이콥스키 모방자들은 나긋나긋한 서정성으로 퇴화되고 말았습니다. 그래서 보수주의의 독재가 자리 잡게 되겠구나 싶었던 바로 그 순간, 신지학 (神智學)의 성공에서부터 시작되는 그 무질서가 러시아 사상 속으로 흘러들어 왔지요. 이념적, 심리적, 사회학적 무질서는 뻔뻔하게도 음악까지 무람없이 휘어잡았습니다. 솔직히 스크랴빈 같은 음악가와 연결되는 전통이 있기나 합니까? 그의 선진들은 누구죠?

그래서 우리는 두 개의 러시아, 우(右)의 러시아와 좌(左)

의 러시아를 고려하게 되었습니다. 두 개의 러시아는 두 개의 무질서, 즉 보수적인 무질서와 혁명적인 무질서를 구체화하지요. 그 두 무질서에 무슨 일이 일어났나요? 지난 20여 년의 역사가 우리에게 그것을 가르쳐 줄 겁니다.

우리는 혁명적 무질서가 보수적 무질서를 집어삼키는 모습을 보게 될 겁니다. 혁명적 무질서는 여기에 맛을 들여서 계속 더 많은 것을 요구할 것이고 결국 소화 불량으로 죽고 말 겁니다.

이제 이 강연의 두 번째 부분으로 넘어가 보렵니다. 이 부분의 주제는 소비에트 연방 러시아의 음악이 될 텐데요.

일단 나에게도 그 음악은 거리가 꽤 있다고 솔직히 말해야겠습니다. 그러나 고골은 먼 나라에서야 비로소(고골에게는 제2의 조국이었던 이탈리아가 그 나라겠지요.) 광대한 러시아 전체를 끌어안을 수 있었다고 말하지 않았던가요? 나 또한 유럽 혹은 미국에서 러시아를 바라보면서 판단할 권리가 어느 정도 있으리라 생각합니다. 더욱이 소비에트 러시아는 참으로 모순적인 과정들 속에 빠져 있어서 그 과정들을 러시아 안에서는 물론 웬만큼 가까운 거리에서도 명쾌하게 파악할 수 없으니까요.

나는 음악을 논하려는 것이지만 이 특수한 문제의 위치를 파악하고 범위를 정하기 위해서 러시아 혁명에 대해 개괄적으로 몇 마디 하지 않고는 넘어갈 수가 없습니다.

　무엇보다 놀라운 것은 그 혁명이 러시아가 유물론이라는 정신병, 그리고 19세기 중반부터 1905년의 첫 번째 혁명까지 그 병을 제 노예로 삼았던 혁명주의 이념들을 이제는 완전히 (적어도 원칙적으로는) 극복했다고 생각한 바로 그 시점에 일어났다는 겁니다. 사실 니힐리즘, 혁명주의적인 인민 숭배, 초보적 수준의 유물론, 테러리스트들의 물밑 작업으로 이루어지는 음험한 술책 따위는 차츰 사라졌습니다. 그 시대에 러시아는 이미 새로운 철학 사상들을 풍부하게 받아들이고 있었지요. 러시아는 레온티예프, 솔로비요프, 로자노프, 베르디아예프, 페로도프, 네스멜로프 등이 주축이 되어서 자신의 역사적, 종교적 운명을 탐구하고자 했습니다. 다른 한편으로 블로크, 지나이다 기피우스, 벨리의 문학적 '상징주의'와 댜길레프가 잡지《예술 세계(Mir Iskoutsva)》를 창간하면서 펼쳤던 예술 운동도 러시아가 정신적으로 좀 더 풍요로워지게끔 이바지했지요. 당시에는 소위 '합법적 마르크스주의'[26]가 레닌을 중심으로 한 이민자들의 혁명적 마르크스주의를 대체했습니다.

　물론 이러한 '러시아의 르네상스'는 여러 면에서 무력하고 유기적이지 못한 듯 보였습니다. 오늘날의 우리가 그 르네상스를 판단할 이유는 그래서 한층 더 충분하다 하겠습니다.

　미하일 출코프가 이끌었던 저 그로테스크한 '신비주의적

무정부주의자들의 운동'도 그렇고(게다가 굉장히 의심스러운 신비주의였지요.) 메레지콥스키와 몹시 고약한 취향의 소설가 안드레예프와 아르치바셰프의 의미심장한 성공을 생각해 보면 바로 알 겁니다. 그래도 1860-1880년대의 암울한 시기, 즉 체르니솁스키, 도브로리우보프, 피사레프의 시대에 비교해 보면 혁명 직전 20년은 짧게나마 자정 작용과 쇄신이 일어났던 시기로 볼 만합니다. 정신적으로 낙오되고 사회적으로 뿌리 뽑힌 거짓 지식인, 신을 믿지 않는 신학생, 실패한 대학생 들로부터 일어난 유해한 파도가 국가 및 문화의 진정한 기반을 잠식하던 이전 시대에 비하면 말입니다.

애석하게도 그 문화적 르네상스는 정부 개혁이라는 영역에서나 경제적 시도와 사회적 문제라는 영역에서 적절하게 표현되지 못했습니다. 그래서 세계 대전이 발발할 무렵의 러시아는 여전히 모순적으로 흩어져 있는 요소들로 이루어져 있었지요. 그때까지도 봉건 체제가 존속하는 반면 서구 자본주의와 원시적인 공산주의(농촌 공동체 형태의 공산주의)가 공존하는 식으로 말입니다. 따라서 그러한 체계가(체계라는 단어가 합당한지 모르겠습니다만) 첫 번째 충격만으로도(여기서는 세계 대전을 말하는 거죠.) 외적, 내적 압력을 견디지 못했던 것도 어찌 보면 당연합니다. 이민자들의 급진주의적 마르크스주의와 농촌의 '포그롬(pogrom)'(집단 학살), 사유 재산 폐지가 맞물리면서 탄생한 혁명은 전쟁 이전의 모든 문화적 하부 구조를 뒤엎고 짓밟아야만 했습니다. 그로써 러시아를 도스토옙스키의 '악령'들이 들끓는 낮은 곳으로 끌어내리고 투쟁적 무신론과 초보적인 유물론으로 되돌아가게 해야만 했지요.

바로 이 시기에 '두 개의 무질서'가 비극적으로 충돌했다고 볼 수 있을 겁니다. 힘없고 비열한 정부는 혁명의 무질서에 대해서 또 다른 무질서, 반동적인 무질서로 대응할 수밖에 없었지요. 혁명 세력을 다스리고 그 세력의 압력을 와해할 수 있는 건설적이면서도 살아 있는 대응 체계를, '실현'까지는 바라지 않더라도 구상만이라도 해야 했건만 권력도, 사회의식도 역부족이었습니다. 그러나 혁명 세력은 1910년경에 부패한 선전 활동으로 지분을 잃고 상당히 약해졌습니다. 사실 세속 전통에 기대어 '제3의 로마'라는 이념을 실현하고자 애쓰던 러시아라는 국가가 당시에 왜 그렇게 급격히 위축되었는지 설명이 되지 않습니다. 로자노프가 "러시아는 사흘 만에, 아니 어쩌면 이틀 만에 국기를 잃었다."라고 제대로 지적해 주었지요.

이제 러시아의 혁명 유형에 애당초 비합리주의적인 요소가 있었다는 식의 진부하고 잘못된(게다가 사실 여부에 있어서도 상당 부분 잘못된) 관점을 버릴 때입니다. 러시아가 원래 신비주의와 신앙 행위에 빠지기 쉬운 기질이 있다는 식의 설명은 통하지 않아요. 그러한 특수성을 부여해 버리면 그 선에 머물지 못하고 동일한 본성의 또 다른 측면을 무시하는 만용을 저지르게 됩니다. 트집 잡기 좋아하는 정신과 쓸데없는 입방아로 퇴행되기 쉬운 초보적이다 못해 유치한 합리주의 측면 말이에요. 그런 면도 러시아 고유의 특성이죠.

정신적 영역에서 그 특성은 투쟁적 무신론과 종교 분파들의 합리주의적 교의를 결정지었습니다. 게다가 그러한 종파들은 지금까지도 공산주의자들의 공식적 무신론과 공존하고 있습니다. 이 합리주의, 이 거짓 비판 정신은 "예술의 의미는 무엇인가?" "예술이란 무엇이며 예술의 사명은 무엇인가?" 따위의 물음으로 끊임없이 러시아의 모든 예술 분야에 해를 끼쳤고 지금도 해를 끼치고 있습니다.

푸시킨이 죽자마자 처음에는 고골을 통해서 그러한 생각들이 러시아인들에게 파고들었습니다. 그로써 러시아 예술은 극심한 손상을 입었지요. 어떤 이들은 삶의 관습과 용법을 저버리고 경멸해도 좋을 근거가 예술에 내재한다고 보았습니다. 나는 그러한 맥락에서 그 유명한 '이동파(移動派)' 화가들의 순회 전시를 소중히 생각해 주었으면 합니다.[27] 이동파 운동은 댜길레프의 노력보다도 앞선 것이지요.

또 어떤 이들은 예술이 예술 자체로 존재할 권리를 부정했습니다. "셰익스피어와 장화 한 켤레 가운데 무엇이 더 중한가?"를 두고 일어났던 1860년대 전후의 유명한 토론이 그 중거지요. 톨스토이도 미학적으로 달라진 입장을 취하면서 도덕과 그 정언 명령의 막다른 골목에 빠지고 말았습니다. 그랬기 때문에 톨스토이는 모든 창작의 기원을 이해하지 못했던 거죠. 마르크스주의는 예술도 그저 "생산 관계를 기반으로 수립되는 상부 구조"이기를 바랐기 때문에 결과적으로 러시아에서는 예술이 공산당과 정부에 봉사하는 정치적 선전 도구밖에 되지 못했습니다. 물론 러시아 비판 정신의 부패가 음악에 아무 여파도 미치지 않았을 리 없죠. 글린카의 후계자들은 차이콥스키를 제외하면 모두 다, 20세기 초반 10년까지도, 정도의 차이가 있을 뿐 민중주의, 혁명 이념, 혹은 민속 문화를 짊어지고 음악에 음악 그 자체와 동떨어진 문제나 목적을 부여했습니다. 여러분의 호기심도 자극할 겸, 잘 알려지지 않은 일을 하나 소개할까요. 스크랴빈은 그의 에로틱하고도 신비주의적인 작품 「열락의 시」에 제사(題詞)를 붙이게 되었을 때에 「인터내셔널가(歌)」의 가사 첫 구절 "대지의 저주받은 자들아 일어서라."를 선택했답니다.

전쟁 발발을 고작 몇 년 앞둔 시점에서야 러시아에서 음악은 일종의 해방을 맞이했습니다. 러시아 음악은 5인조의 보호 감독, 특히 이제 경직된 아카데미즘의 의미밖에 없었던 림스키코르사코프 음악원에서 벗어나려 몸부림쳤습니다. 전쟁이 그러한 노력을 수포로 돌렸고 이후의 사건들은 마지막 남은 유적마저 쓸어가 버렸지요. 그래서 혁명은 러시아 음악이 제 나라 안에서 완전히 방향을 잃어버렸다고 보았고 볼셰비키들은 전혀 힘들이지 않고도 자기들의 의사와 이익에 맞게 그 음악의 발전을 주도했습니다.

솔직히 말해서 10월 혁명 이전의 러시아 예술은 혁명적 마르크스주의와 상당히 거리를 두고 있었습니다. 상징주의의 시종들과 그 주위의 온갖 추종자들은 혁명을 수용했으되 그들 자신이 투사가 되지는 않았거든요. 고리키는 개인적으로 몇몇 거물 공산주의자들과 친분이 있었지만 공산주의 집권 초기에 이탈리아 소렌토로 망명을 떠나 장기 체류했고 1936년에 사망하기 얼마 전에야 러시아로 돌아왔습니다. 그러한 장기간의 부재 때문에 러시아의 미래파 시인 마야콥스키는 1926년에 신랄한 독설을 운문체 서간 형식으로 발표하기도 했지요. "고리키 동지여, 오늘날 우리는 동지를 작업장에서 만날 수가 없으니 참으로 유감입니다. 카프리의 언덕에서 모든 것이 한결 더 선명하게 보인다고 생각하시는지요?"

이상하게 들리겠지만 미래파는 다름 아닌 레닌에게 심한 지탄을 받았으면서도 공산주의의 여러 관점들을 포용해 냈습니다. 마야콥스키는 시에서, 메이예르홀트는 연극에서 그 주역이 되었지요. 음악은 그 같은 '리더'를 발견하지 못했습니다. 그래서 혁명 초기의 음악 정책은 부르주아 작가들(이 표현은 아예 관용어였죠.)의 어떤 작품은 허용하고 어떤 작품은 금지한다는 식의 초보적인 금제(禁制) 수준에 그쳤습니다. 매사가 그런 식으로 흘러갔죠. 림스키코르사코프의 「키테주」[28]는 지나치게 신비주의적이라고 해서 지탄을 받았지만, 차이콥스키의 「예브게니 오네긴」은 풍속을 사실적으로 그려 낸 오페라로 인정받았기 때문에 무대에 오를 수 있었어요. 그러다 이후에는 상황이 뒤집혔습니다. 「키테주」는 민중적인 드라마이기 때문에 상연을 허가할 수 있지만 「예브게니 오네긴」은 봉건적인 귀족주의 냄새를 풍기기 때문에 극장 레퍼토리에서 몰아내야 한다나…….

당시의 흥미로운 일을 하나 더 소개하겠습니다. 페르짐판스(Persimfans, Perviy Simfonicheskiy Ansambl' bez Dirizhyora, 지휘자 없는 최초의 관현악단)는 오케스트라 지휘자의 역할이 이른바 원칙적으로 권위적이고 독재적이라고 반대했다는 점에서 집단주의 원칙의 안이함을 상징합니다. 여러분도 쉽게 이해할 수 있겠지만 그 후로 러시아에서는 삶의 많은 부분이 바뀌었습니다.

볼셰비키주의 집권 초기에는 공권력이 예술을 생존 수단으로 고려하는 것 말고도 할 일이 너무 많았습니다. 게다가 볼셰비키들은 더없이 다양하고 상호 모순적인 이론들에 사로잡혀 있었어요. 사실 그 이론들은 고차원적인 몽상, 나아가 우스꽝스러운 짓거리에 불과했습니다. 오페라 일반의 무용성을 비판하고 나선 것도 같은 맥락이죠. 그런 비판을 제기한 사람들은 오페라 장르는 기원 자체가 종교적이고 봉건적이라는 둥 (원문 그대로 인용한 겁니다.) 관습적 성격이 강하다는 둥 이유를 들었습니다. 게다가 오페라 형식은 예술적 사실주의에 대한 도전처럼 보였고 느려 터진 전개가 어떤 식으로든 새로운 사회주의적 삶의 '템포'와는 맞지 않는 것 같았죠. 어떤 이들은 오페라 주인공은 반드시 '대중'이어야 한다든가, 혁명적 오페라는 주제에 연연해서는 안 된다든가 하는 주장을 펼쳤습니다. 게다가 이 이론들은 웬만큼 먹혀들어 갔습니다. 그 증거로, 이 원칙들에 입각해서 대중 오페라, 주제 없는 오페라가 꽤 나왔거든요. 가령 데셰포프의 「얼음과 강철」, 글랏콥스키의 「앞과 뒤」가 그렇지요. 러시아 특유의 이 지역적, 지방적 이데올로기와는 별개로, 베토벤이 혁명적이고 낭만적인 음악가로서 추앙받았습니다. 베토벤의 「교향곡 9번」은 벨기에인 드제이테가 작곡한 「인터내셔널가」와 나란히 함께 연주되곤 했지요. 이유는 모르지만 레닌도 「열정(Appassionata)」 소나타를 두고 "초인의 음악"이라고 했답니다. 로맹 롤랑은 교향곡 「영웅」에서 "검 휘두르는 소리", 전쟁의 소음, 패자들의 구슬픈 탄식이 들린다고 했지요. 베토벤에 대한 생각에는 그러한 로맹 롤랑의 상상의 빛이 다분히 끼어들었습니다.

자, 소련에서 가장 유명한 음악 평론가 중 한 사람이 베토벤의 「교향곡 3번」을 어떻게 분석했는지 들어보십시오.

바이올린이 숨죽인 소리로 우울하고 절망에 가득 찬 노래를 흥얼거린다. 슬픔이 묻어나는 오보에 소리가 높게 올라온다. 그 후, 전사들이 금욕적인 침묵(?) 속에서 지휘관을 그의 마지막 처소까지 모시고 간다. 그러나 그 처소는 절망의 자리다. 낙관론자 베토벤, 삶을 참으로 사랑했던 자는 인간을 너무나 드높이기에 "너는 흙에서 왔으니 흙으로 돌아가리라."라는 교회의 멸시 어린(?!) 말씀을 그대로 따라 할 수가 없었다. 스케르초와 피날레에서 그는 우레와 같은 음성으로 외친다. "아니, 너는 흙이 아니라 땅의 주인이니라." 그리고 다시 한번 격정적인 스케르초와 계제에 맞지 않게 파괴적인 피날레를 통하여 주인공의 눈부신 이미지가 소생한다.

이 같은 해설에 대해서는 무슨 해설이든 불필요할 뿐이라고 생각합니다만. 이 사람이 쓴 글 중에서 자기보다 더 유명하고 실력 있는 또 다른 음악학자 겸 음악 평론가의 말을 인용한 것이 있는데요. 그 역시 "베토벤은 음악이 예술로서 갖는 시민권을 옹호하고자 싸웠다. 베토벤의 작품들은 귀족주의적인 경향을 조금도 드러내지 않는다."라고 장담합니다. 다들 알겠지만 그런 것들은 베토벤과 아무 상관도 없습니다. 음악과도, 진정한 음악 비평과도 전혀 상관없지요.

그래서 지금 시대는 스타소프와 무소륵스키(무소륵스키는 분명히 천재 음악가입니다만 늘 명쾌한 생각을 가진 사람은 아니었지요.)의 시대가 그랬듯이 궤변을 구사하는 '인텔리겐치아'가 음악에 어떤 역할을 맡기고 음악의 진정한 사명과는 완전히 이질적인 의미를 부여하려 듭니다. 그 의미는 사실 음악과 아주 동떨어져 있는데 말이지요.

걷잡을 수 없는 야심과 호언장담에도 불구하고 러시아 대중이 가장 사랑하는 오페라, (보조금이 있다고는 하나) 극장 좌석을 가득 메워 주는 오페라가 「예브게니 오네긴」이라는 사실은 변치 않습니다. 그럼에도 불구하고 이 오페라를 복권시키기까지는 루나차르스키(예술 및 공교육 인민 위원)가 두 연인의 갈등이 공산주의 사상과 상충되는 것은 아니라고 (참으로 우스꽝스럽게도) 설명을 해야만 했지요.

나는 여러분에게 소비에트 음악의 현 상황과 그 음악을 중심으로 무르익고 구체화되었던 이론들, 경향들을 간략하게만 소개하고 싶습니다. 그러나 다음 두 가지 사실에 대해서는 잠시 짚고 가야겠습니다.

스탈린이 개인적으로 대놓고 소비에트 예술에 관여한 적이 두 번 있습니다. 첫 번째는 마야콥스키 건인데요. 알다시피 1930년에 마야콥스키가 자살을 하자 가장 정통파적인 공산주의자들은 동요하고 혼란에 빠졌으며 그의 이름으로 명실상부한 저항 운동이 일어났습니다. 게다가 시인은 죽기 몇 년 전부터 문학 전체의 '좌익' 경향들을 거부하는 풍조에 따라서 박해를 받기도 했지요. 마야콥스키의 이름에 위엄과 의미를 돌려주기 위해서 스탈린이 사적으로 개입할 정도는 되어야 했습니다. 스탈린은 "마야콥스키는 우리 소비에트 시대 최고의 시인이다."(원문 그대로의 표현)라고 했습니다. 물론 이 찬사는 고전으로 굳어져 입에서 입으로 전파되었지요. 이 문학사의 한 순간을 잠시 살펴보는 이유는 일단 내가 지금 시학 강연회에 서 있기 때문에 그래도 좋을 거라 생각하는 까닭이고, 그다음으로는 다사다난한 소련 문학사에서 이 사건이 여전히 뒤안길에 가려져 있기 때문입니다.

그렇지만 스탈린의 두 번째 개입은 바로 음악에 대한 것이었습니다. 레스코프가 쓴 이야기를 바탕으로 한 쇼스타코비치의 오페라 「므첸스크의 마크베트 부인」와 콜호스(집단 농장) 주제의 발레곡 「맑은 시냇물」이 불러일으킨 파문에 개입한 것인데요.[29] 쇼스타코비치의 음악과 그의 작품 주제는 혹독한 비판을 받았는데 사실 이 경우에는 그 비판이 아주 그르지만도 않았습니다. 게다가 그의 작품들은 낡아 빠진 형식주의라는 딱지가 붙었습니다. 쇼스타코비치의 작품과 힌데미트, 쇤베르크, 알반 베르크, 그 외 여러 유럽 작곡가들의 작품은 연주가 금지되었습니다.

이른바 난해한 음악을 상대로 한 이 전쟁에는 나름대로 이유가 있었습니다.

낭만파, 구성파, 미래파의 시대가 끝나자 "재즈인가, 교향악인가?" 따위의 끝없는 주제 토론들도 일단 다 지나가기도 했고 위대함에 대한 집착도 있었던 탓에 귀족적인 의식은 불현듯 순전히 정치적이고 사회적인 이유로 좌익의 공식들과 절연하고 '단순화', 새로운 대중 영합주의와 민속 음악에서 제 길을 찾았습니다.

작곡가 이반 제르진스키는 스탈린이 개인적으로 잘 봐준 탓도 있었고 숄로호프의 소설 『고요한 돈강』, 『황무지』를 바탕으로 작품을 만들었기 때문에 꽤 인기를 끌었지요. 제르진스키 선풍은 새로움을 표방하지만 사실은 아주 오래전부터 러시아 음악에 친숙한 경향, 즉 대중적인 민속 음악을 차용하는 경향을 보여 줍니다. 러시아 음악은 이 경향을 통해서 오늘날까지 존속해 왔지요.

나는 일부러 혁명 이전에 음악 교육을 마치고 이미 두각을 나타냈던 작곡가들의 작품과 활동을 여기서 다루지 않았습니다. (가령 먀스콥스키, 막시밀리안 스타인베르그, 그 외 림스키코르사코프 음악원과 글라주노프 음악원 교육에 충실한 추종자들은 다루지 않습니다.)

현재 러시아는 음악을 듣는 새로운 대중이 단순하고 이해하기 쉬운 음악을 요구한다고 주장합니다. 모든 예술의 모토는 '사회주의적 사실주의'가 되었지요. 다른 한편으로, 소비에트 연방의 국가 정책은 연방 소속 열한 개 공화국에서 다양한 방식으로 토착색을 살려 예술 작품을 만들도록 격려하고 있습니다. 그런데 이 두 가지 방향만으로도 오늘날 소련 음악의 스타일, 장르, 경향은 정해진 셈입니다.

불과 몇 년 만에 다양한 민요 선집들이 엄청나게 나왔습니다. (우크라이나, 조지아, 아르메니아, 아제르바이잔, 압하지야, 부랴트몽골, 타타르, 칼미크, 투르크멘, 키르기스스탄, 히브리 등.) 그러한 민족지학적 분류 작업은 그 자체로 중요하고도 흥미롭지만 소비에트 러시아의 경우에서처럼 음악 문화 및 창작의 문제와 혼동되어서는 안 됩니다. 사실 음악 문화와 창작은 그런 민족지학적 원정 사업과 큰 상관이 없기 때문입니다. 게다가 그러한 원정 사업의 목적은 스탈린, 보로실로프 등의 정치 지도자들에 대한 수천 곡의 노래를 의무적으로 기록하고 보고하려는 데 있습니다. 이러한 이유에서도 음악 창작은 민요의 관습적이고도 의심스러운 편곡 작업과 별개로 생각되어야만 하겠습니다.

그렇지만 민속 음악에 항상 결부되곤 했던 뚜렷한 정치적 이익은 러시아에서 항상 그랬듯 "다양한 지역 문화를 거대한 사회주의 국가의 음악 문화로 변모시키고 확장시킨다."라는 막연하고도 까다로운 이론과 보조를 같이했습니다.

소비에트 음악학자이자 음악사가로서 가장 걸출하다는 이가 뭐라고 썼는지 들어 보십시오. "민중의 음악과 클래식 음악 사이의 봉건적이고 부르주아적이며 과장된 구분을 버릴 때가 되었다. 미학적 특성이 개인의 창의성과 작곡가의 사적 창작만 지닐 수 있는 특권이기라도 하다면 모를까." 음악적 민족지학에 점점 더 관심을 두는 이유가 이 같은 비정통적인 생각들을 깔고 있다면 그 관심은 혁명 이전의 원시적인 형식들로 한정되는 편이 나을 겁니다. 그러지 않으면 도리어 러시아의 음악 문화에 혼란과 피해만을 안겨 줄 위험이 크니까요.

그렇다고는 해도 민속 음악에 대한 열광에서 크고 작은 작품들이 나왔습니다. 「샤 세넴」, 「굴사라」, 「다이시」, 「아베살롬과 에테리」, 「아이추렉」, 「아드잘 오르두나」, 「알티네 키츠」, 「타라스 불바」 등은 모두 오페라의 관습적 유형에 속합니다. 물론 이 작품들은 음악 창작의 문제를 전혀 해결하지 못했습니다. 이 작품들은 '허식적인(pompier)' 장르, 가짜 민중적 장르이기 때문입니다. 최근의 '우크라이나' 오페레타에 대한 열광도(과거에는 '작은 러시아' 오페레타라고 불렀습니다만) 여기에 결부시켜 생각해 볼 수 있을 겁니다.

소비에트 음악을 이끄는 사람들은 일부러 그러는지, 몰

라서 그러는지, 민족지학 문제를 창작의 문제와 혼동한 데다가 연주에 대해서도 똑같은 과오를 범하고 있습니다. 뭔가 저의를 품고서 연주를 작곡이나 진정한 음악적 교양과 같은 반열로 끌어올리고 있거든요. 오케스트라, 합창단, 대중적인 앙상블을 조직하는 아마추어 집단들에 대해서도 같은 얘기를 할 수 있겠습니다. 그들은 소비에트 연방 국민들의 예술적 소양이 크게 발전했다는 주장의 근거가 되곤 하지요. 물론 소비에트 출신 피아니스트나 바이올리니스트가 국제적인 콩쿠르에서 일등을 차지하는 것도 좋습니다. (그런 콩쿠르가 쓸모 있었던 적도 없고 음악에 무엇 하나 이바지한 것도 없습니다만.) 러시아가 민속 무용을 계속 이어 나가고 콜호스에서 부르는 노래들을 즐기는 것도 좋아요. 그러나 그처럼 부차적인 일에 연연하다가는 참되고 진정한 문화의 표식을 양적인 요소들에서 찾으려고 할지도 모릅니다. 하지만 여타의 창작 분야에서와 마찬가지로 진정한 음악 문화의 원천과 조건은 대량 소비에 있지 않아요. 그런 건 차라리 조련에 가깝죠. 그 원천과 조건은 완전한 다른 것, 소비에트 연방 러시아가 완전히 망각했든가 언어를 배우지 못한 것에 있습니다.

이제 여러분이 두 가지 흐름에 주목해 주었으면 합니다. 나는 이 두 흐름이 최근에 비교적 뚜렷하게 나타나고 있는 오늘날의 러시아 음악 경향을 잘 설명해 준다고 생각합니다. 일단 혁명적인 테마의 강화, 즉각적인 시사성을 띠는 혁명적 주제들에 대한 욕구가 있습니다. 다른 한편으로는 고전 작품을 오늘날의 삶의 욕구에 맞게 개작하는, 다른 데서는 예를 찾아볼 수 없는 특수한 풍조가 나타납니다. 숄로호프의 소설들을 오페라 소재로 삼고 나서는 고리키와 내전 쪽으로 눈을 돌렸지요. 심지어 신작 오페라「폭풍 속으로」에는 레닌이 등장인물로 나옵니다. 그리고 내가 방금 언급한 개작들의 예로는 차이콥스키의「호두까지 인형」을 들 수 있겠습니다. 지나치게 신비한 색채를 띠고 있어서 소비에트 관객들에게는 이질적이기도 하고 위험하기도 하다는 이유로 이 작품은 구성과 대본을 상당 부분 수정한 후에야 발레 레퍼토리로 복귀했지요.

마찬가지 맥락에서 글린카의「황제에게 바친 목숨」은 끝없는 망설임과 여러 차례의 개작을 거친 후에「이반 수사닌」이라는 새로운 제목으로 다시금 극장 레퍼토리가 될 수 있었습니다. 오페라 속에서 '차르'(황제)라는 단어는 상황에 따라 '조국', '땅', '인민'으로 대체되었죠. 클라이맥스 부분에서 전통적인 주명종이나 금빛 제의를 입은 성직자들의 행렬 같은 원작의 무대 연출은 유지되었습니다. 애국심을 자극하는 연출에 대한 설명은 글린카의 음악이 아니라 국가 안보 선전에서 찾아야 합니다. 소비에트 정부에 강요된 공산주의적 애국심은 ("당신은 민다고 생각하나 사실은 떠밀리는 겁니다."[30]) 고유한 표현 형식을 갖추지 못했기에 러시아 고전 음악의 가장 순수한 걸작을 뒤집어서 자신의 표현으로 삼으려 했지요. 사실 그 걸작은 전혀 다른 정황에서 구상되고 작곡되었으며 전혀 다른 의미를 입고 있었는데 말입니다.

오늘날 러시아의 음악 문화가 그들이 주장하듯 그렇게 번성하고 있다면 왜 글린카를 차용해야 한답니까? 아니, 나는 그 정도면 차용이 아니라 변조라고 하겠습니다.

여러분도 다들 이해하겠지만 현재 공산주의 러시아의 문제는 무엇보다도 전반적인 콘셉트의 문제, 다시 말해 가치들의 이해와 평가 체계의 문제입니다. 받아들일 만한 것과 받아들일 수 없는 것의 선택과 분별, 실험과 그 결과의 종합, 달리 말하자면 결론이 되겠지요. 그 결론이 모든 삶, 모든 행위의 취향과 양식을 결정합니다. 그렇기 때문에 나는 어떤 일반적 개념도 그 자체가 닫혀 있는 원이라면 진정한 진전은 없다고 봅니다. 원에 갇힌 채로 머물든가 원을 박차고 나가든가 둘 중 하나일 뿐입니다. 공산주의 개념의 경우가 딱 그래요. 그 원 안에 있는 사람들에게는 모든 문제, 모든 대답이 애초에 정해져 있습니다.

내 입장을 요약한다면 이렇게 말하겠습니다. 지금 러시아의 의식 구조에 따르면 기본적으로 음악이 무엇인가를 설명하는 방식에는 두 가지가 있습니다. 하나는 세속적인 스타일, 다른 하나는 고상하다고 할까, 상투적이라고 할까 싶은 스타일이죠. 콜호스 노동자들이 트랙터와 오토머신(이렇게 부르더라고요.)에 둘러싸여 민요 합창에 맞추어 흥겹지만 분별 있게(공산주의의 위엄에 걸맞게) 춤을 춘다는 발상이 세속적인 스타일을 충분히 설명해 줄 겁니다. 한편 고상한 스타일은 좀 까다롭지요. 여기서는 음악이 "위대한 시대에 동화되어 살아가는 사람의 인격 형성에 이바지하고자" 소환됩니다.

소비에트 사람들이 가장 높이 평가하는 작가 중 한 사람이 알렉세이 톨스토이죠. 톨스토이는 아무 거리낌 없이 쇼스타코비치의 「교향곡 5번」에 대해서 다음과 같은 더없이 진지한 글을 썼습니다.

음악은 인간의 심리적 고뇌들의 완성된 표현을 제시해야 한다. 음악은 인간의 에너지를 축적해야만 한다.

여기에 '사회주의의 교향곡'이 있다. 그 교향곡은 지하에서 노동하는 무리의 '라르고', 지하철에 해당하는 '악셀레란도'로 시작한다. '알레그로'는 거대한 생산 기계 장치와 자연에 대한 그 장치의 승리를 상징한다. '아다지오'는 소비에트의 문화, 과학, 예술의 종합을 나타낸다. '스케르초'는 행복한 연방 주민들의 역동적인 삶을 반영한다. '피날레'는 대중의 열광과 감사를 나타낸다.

지금 막 읽은 글은 절대로 내가 지어낸 우스갯소리가 아닙니다. 최근 공산당 공식 기관지에 게재된 어느 음악학자의 인용을 그대로 재인용한 거예요. 이 인용문은 그 자체로 고약한 취향, 정신 장애, 삶의 근본 가치들에 대한 몰이해의 끝판이죠. 둔해 빠진 개념의 결과(혹은 효과)라고 하지 않을 수 없습니다. 명확하게 보려면 그 개념을 뛰어넘어야만 할 겁니다.

다들 짐작하겠지만 나는 이 두 방식, 이 두 이미지 모두 받아들일 수 없다고 봅니다. 둘 다 끔찍한 악몽으로 여겨지기는 마찬가지예요. 음악은 '춤추는 콜호스'도 아니고 '사회주의 교향곡'도 아닙니다. 음악이 사실 무엇인가에 대해서는 내가 이미 이전 강연들에서 설명하고자 노력했지요.

어쩌면 여러분은 내 견해가 신랄하고 쓸쓸하기만 하다고 생각할지도 모르겠습니다. 사실 그렇긴 합니다. 그래도 가장 두드러진 감정은 놀라움, 아니 어이없음이라고 하겠습니다. 러시아의 역사적 미래라는 문제, 수백 년째 수수께끼로 남아 있는 이 문제는 항상 나를 그러한 감정에 몰아넣습니다.

'슬라브애호주의자들'과 '서구인들'의 거대 논쟁은 러시아의 모든 철학과 문화의 주요한 테마가 되었지요. 하지만 그 논쟁이 해결한 것은 아무것도 없다고 하겠습니다.

대립적인 두 체계가 모두 다 혁명이라는 천재지변 속에 좌초되어 버렸으니까요.

'슬라브애호주의자들'은 러시아가 낡은 유럽과는 독립적으로 새로운 역사의 길을 걷기 바랐습니다. 그들이 유럽에 표하는 경의는 신성한 무덤에 표하는 경의와 비슷한 것이었지요. 그러나 그들의 메시아적인 예언이 무색하게도 공산주의혁명은 러시아를 마르크스주의라는 각별히 서구 유럽적인 체계 속으로 밀어 넣었습니다. 고도로 국제주의적인 이 체계 자체가 급격히 변질되어서 러시아가 최악의 국가주의, 대중적 국수주의를 드러내고 다시금 유럽 문화와 근본적으로 분리되었다는 사실도 어처구니가 없습니다.

　　재앙과도 같은 혁명으로부터 21년이 지났어도 러시아는 중대한 역사적 문제를 해결하지 못했고, 해결을 원치도 않았으며, 해결할 방법도 없었다는 얘깁니다. 게다가 러시아는 문화를 안정시키지도 못했고 전통을 공고히 다지지도 못했는데 어떻게 해결을 하겠습니까? 러시아는 예전에도 늘 그랬지만 지금도 교차로에 서서 유럽 앞에서 등을 돌리고 있습니다.

　　러시아는 다양한 발전 주기와 역사적 변모를 거치는 동안 항상 자기 자신을 배반했습니다. 러시아는 항상 독자적인 문화의 토대를 갉아먹고 이전 단계들의 가치를 욕되게 했습니다.

　　이제 필연적으로 전통을 되찾을 때가 왔습니다만, 러시아는 전통에 내재하는 가치, 그 생명 자체가 완전히 사라졌다는 사실을 깨닫지 못하고 전통의 도식만으로 자족하고 있지요.

차이콥스키(1840-1893년)
러시아 5인조에 해당하는 하나의 중심에 맞서는 또 다른 중심이 있었으니,
그 중심은 차이콥스키 한 사람만으로도 힘찬 재능의 빛을 뿜어냈지요.

바로 여기에 거대한 비극의 가장 곤란한 문제가 있습니다.

'쇄신(renouvellement)'은 '전통(tradition)'과 함께 갈 때에만 생산적일 수 있습니다. 살아 있는 변증법은 '쇄신'과 '전통'이 동시적 과정을 통하여 서로를 계발하고 견고히 다져 주는 데 있습니다. 그런데 러시아는 '쇄신' 없는 '보수주의' 혹은 '전통' 없는 '혁명'밖에 몰랐습니다. 당장이라도 허공으로 떨어질 듯 크게 휘청거리는 그 모습에 나는 언제나 아찔함을 느낍니다.

내가 이렇게 일반적인 견해로 강연을 마무리한다고 놀라지는 마십시오. 어쨌든 예술은 마르크스주의자들의 희망 사항처럼 "생산을 기반으로 수립된 상부 구조"가 아니며 그렇게 될 수도 없습니다. 예술은 존재론적 현실입니다. 나는 러시아 음악의 현상들을 이해하고자 노력하면서 내 분석을 일반화하지 않을 수 없었습니다.

러시아 국민은 분명히 음악에 소질을 가장 잘 타고난 축에 들 겁니다. 안타깝게도 러시아는 추론 능력은 있지만 성찰과 사변에는 그리 뛰어나지 못합니다. 그런데 사변적 체계가 없고 성찰을 통해서 잘 한정된 질서가 부족하면 음악은 가치가 없을뿐더러 예술로서 존재할 수조차 없습니다.

러시아의 역사적 동요가 나를 곤혹스럽다 못해 현기증을 느끼게 한다지만 러시아 음악 예술의 전망 또한 곤혹스럽기는 마찬가지입니다. 예술은 문화, 육성, 지성의 온전한 안정을 전

제하는데 지금의 러시아에는 그 모든 것이 그 어느 때보다도
결여되어 있으니까요.

6
연주와 해석의 차이

"이해한다는 것은 동등해지는 것이다."

라파엘로

음악의 두 순간, 아니 차라리 두 상태를 구분하는 것이 중요합니다. 가능태의 음악과 현실태의 음악은 다르지요. 악보로 정해져 있거나 기억 속에 남아 있는 음악은 연주에 앞서 존재하며, 그런 점에서 여타의 예술 분야들과 다릅니다. 우리가 앞에서 보았듯이 음악이 지각을 지배하는 양상들에 따라서 여타의 예술 분야들과 구분되는 것과 마찬가지지요.

따라서 음악적 실체는 두 가지 면모를 구체화한다는 이 희한한 특이성을 나타냅니다. 무(無)의 침묵으로 서로 구별되는 두 형상이 차례차례로, 각기 별개로 존재하는 거예요. 음악의 이 특수한 본성이 음악 고유의 생명력과 사회 질서에 대한 반향을 결정합니다. 음악은 창작자와 연주자라는 두 종류의 음악가를 상정하거든요.

말이 나온 김에 지적하는데, 대본을 전제하고 그 대본을 시청각적으로 옮겨야 하는 극예술도 완전히 똑같지는 않지만 유사한 문제를 제기합니다. 여기서도 어떤 구분이 생기기 때문이지요. 연극은 시각과 청각 전체에 호소함으로써 우리의 이해력에 다가옵니다. 그런데 시각은 우리의 모든 감각 중에서 지성과 가장 밀접하게 이어져 있는 감각이고 청각은 개념과 이미지를 전달하는 분절 언어를 받아들이는 감각이지요. 따라서 희곡을 읽는 사람은 상연 현장을 상상하는 것이 악보를 읽는 사람이 악기로 연주할 때의 모습을 상상하는 것보다 훨씬 더 쉽습니다. 음악에 대한 책을 읽는 사람보다 오케스트라 총보(總譜)를 읽는 사람이 훨씬 적은 이유도 그래서 쉽게 설명이 되지요.

게다가 음악 언어는 기보법에 따라서 엄격히 제한되어 있습니다. 연극배우는 '크로노스'라는 면에서나 억양이라는 면에서나 가수보다 훨씬 자유로워요. 가수는 '템포'와 '멜로스'에 단단히 매여 있으니까요.

몇몇 허세 많은 독주자들이 곧잘 못 견뎌 하는 이 예속이 우리가 지금 다루려는 문제의 핵심에 있습니다. 연주자와 해석자의 문제 말입니다.

해석(interprétation) 개념은 연주자에게 부여되거나 연주자가 자기 역할에 스스로 부여하는 한계들을 암시합니다. 그 역할이란 결국 청중에게 음악을 전달하는 건데요.

연주(exécution) 개념은 명시적인 의지를 엄정하게 실현하고 그 의지의 명령을 온전히 다할 뿐 결코 그 밖으로 벗어나지 않는 것입니다.

해석과 연주, 이 두 원리의 갈등이 작품과 청중 사이를 가로막고 메시지의 충실한 전달을 방해하는 모든 과오, 모든 죄, 모든 오해의 근원에 있습니다.

모든 해석자는 반드시 연주자이기도 합니다. 그러나 모든 연주자가 반드시 해석자이지는 않습니다. 우선순위와 상관없이 연속 관계만 따져서 일단 연주자에 대해서 얘기해 볼까요.

나는 연주자를 악보 상태의 음악 앞에 위치시키는 것이 당연하다 생각합니다. 악보에는 작곡가의 의지가 명시적으로 드러나 있거니와 잘 수립된 텍스트 속에서 얼마든지 그 의지를 분별할 수 있습니다. 그러나 악보가 아무리 꼼꼼하게 작성되어 있더라도, 템포, 뉘앙스, 연결, 강세 등이 전혀 애매한 구석 없이 지시되어 있더라도, 거기에는 항상 규정을 거부하는 비밀스러운 요소들이 있게 마련입니다. 말의 논법으로는 음악의 논법을 고스란히 규정할 수가 없기 때문이지요. 따라서 그 비밀스러운 요소들은 경험, 직관, 한마디로 그 음악을 표현하는 사람의 재능에 좌우됩니다.

따라서 완성된 작품이 대중의 눈에 늘 동일하게 제시되는 조형 예술 분야의 장인과 달리, 작곡가는 자기 음악을 들려

줄 때마다 위태로운 모험을 무릅써야만 합니다. 매번 자기 작품이 제대로 표현되느냐 마느냐가 예측 불가능하고 헤아릴 수 없는 변수들에 좌우되니까요. 그 변수들이 충실성과 공감이라는 미덕들에 개입하는데, 만약 그러한 미덕들이 없으면 작품이 알아볼 수 없는 지경이 되든가 활기를 잃든가, 어쨌든 경우를 막론하고 왜곡되어 버립니다.

단순한 연주자와 엄밀한 의미에서의 해석자는 본성 자체가 다릅니다. 그러한 차이는 미학적 차원보다는 윤리적 차원에 있으며 양심의 문제를 제기하지요. 이론적으로 연주자에게는 마음에서 우러나든 마지못해 하든 그가 담당한 부분을 소리로 옮겨 달라는 요구만을 할 수 있습니다. 그러나 해석자에게는 물리적으로 완전한 구현 외에도 애정 어린 호의를 요구할 권리가 있어요. 물론 이 말이 은밀하게 혹은 고의적으로 인정하는 작품의 재구성을 뜻하지는 않습니다.

작품의 정신을 거스르는 죄는 항상 문자 그대로 충실하지 못한 죄에서부터 시작되어 언제나 번성하는 고약한 취향의 말놀음에 힘입어 끝없는 악습들로 향합니다. 그리하여 다들 알다시피 '크레셴도'는 빠른 진행을 명하고 진행이 느려진다 싶으면 어김없이 '디미누엔도'가 수반되지요. 그렇게 불필요한 부분에만 지나치게 공을 들이는 겁니다. '피아노', '피아노피아니시모'는 참 섬세하게도 추구하지요. 그리 필요하지도 않은 뉘앙스를 완벽하게 구사했노라 자랑스러워하는데, 일반적으로 그런 데 신경 쓰느라 진행 속도는 부정확해지기 일쑤입니다.

그런 수법들은 언제나 쉽고 즉각적인 성공을 추구하고 그에 만족하는 피상적인 정신의 소유자들에게나 각별합니다. 그런 유의 성공은 그것을 얻은 자의 허영심을 배 불리고 박수갈채를 보내는 자들의 취향을 못쓰게 만들어요. 그런 수법들을 바탕으로 음악가로서의 경제적인 커리어를 쌓아 올린 경우가 얼마나 많은지요! 나 또한 대수롭지 않은 것을 파고드는 연주자들의 초점 어긋난 집중에 얼마나 자주 피해를 보았는지 모릅니다. 그들은 '피아니시모'를 미묘하게 다듬어 낸답시고 시간을 다 버리느라 지독한 연주상의 실수들을 미처 깨닫지도 못해요! 예외라고 말하는 사람들도 있겠지요. 형편없는 해석자들 때문에 훌륭한 해석자들을 잊어서는 안 된다고 하겠지요. 나도 그 말에는 동의합니다만, 그럼에도 형편없는 해석자들이 꽤 많다고 지적해 두겠습니다. 음악을 정말로 충실하게 섬기는 비르투오소들은 커리어를 잘 쌓기 위해서 음악을 이용해 먹는 사람들에 비해 훨씬 드물답니다.

이미 널리 퍼져 있는 원리들, 특히 낭만파 거장들의 해석을 지배하는 원리들 때문에 낭만파 작곡가들은 우리가 지금 다루는 테러의 희생자가 되기 일쑤입니다. 그들의 작품 해석이 음악 외적인 고려들, 가령 작곡가의 불행한 개인사나 연애에 대한 생각들에 좌우되는 거예요. 곡 제목을 두고 왈가왈부한다든가 하는 식이지요. 제목이 없는 곡이라면 순전히 공상적인 근거들을 바탕으로 제목을 만들어 붙입니다. 이유는 모르지만 늘 「월광」이라는 제목으로만 소개되는 베토벤의 소나타가 딱 그렇지요. 왈츠 하면 프레데리크 쇼팽의 「이별의 왈츠」를 빼놓을 수 없고요.

최악의 해석자들이 낭만파 작품을 유독 선호하는 데에는 확실히 이유가 있습니다. 낭만파 작품에는 음악 외적인 요소들이 널리 퍼져 있기 때문에 왜곡을 하기도 수월하지요. 반면 음악이 음악 자체를 넘어서는 아무것도 표현하지 않는 작품은 문학적 왜곡의 시도에도 좀체 끄떡하지 않습니다. 피아니스트가 하이든을 전투마로 삼아서는 명성을 쌓을 수가 없을 거예요. 이 위대한 음악가가 해석자들에게는 그의 가치에 걸맞은 대접을 받지 못했던 이유도 아마 다르지 않을 겁니다.

해석에 있어서 19세기가 우리에게 넘겨 준 무거운 유산 속에는 머나먼 과거에 유례가 없었던 희한하고 특수한 일종의 독주자, 다시 말해 오케스트라 지휘자라는 존재가 있습니다.

낭만파 음악은 '카펠마이스터(Kapellmeister)'(악장)라는 존재를 엄청나게 부풀려 놓은 나머지 그의 손에 맡겨진 음악에 대한 재량권까지 주었습니다. 그러한 특권 덕분에 지휘자는 오늘날 '단상'에 올라가 시선을 한 몸에 받게 되었지요. 지휘자는 신탁을 전하는 무녀의 삼각의자에 올라가 자기가 생각하는 진행 속도, 특수한 뉘앙스를 작품에 부여합니다. 게다가 순진하다 해야 할지 뻔뻔하다 해야 할지, 요리사가 자기가 잘 만드는 요리를 자랑하듯 자기가 잘하는 레퍼토리, '그의' 5번, '그의' 7번을 자기 입으로 떠들기까지 하지요. 지휘자가 그런 말을 하는 것을 듣고 있으면 자동차 운전자들을 위한 휴게소 식당 광고판이 생각납니다. "모 식당만의 자체 와인과 자체 특선 요리를 만나 보세요."

과거에는 사정이 완전히 달랐습니다. 하지만 그 시대에도 이미 오늘날처럼 악기 연주자 혹은 프리마 돈나 같은 비르투오소들의 기회주의와 폭정은 있었지요. 그래도 대개 음악에 독재를 휘두르고 싶어 하는 오케스트라 지휘자들이 경쟁하고 들끓어 대는 꼴은 아직 보이지 않았습니다.

내가 과장하는 거라고 생각지 마십시오. 몇 년 전에 내가 들었던 말은 음악계의 관심에서 오케스트라 지휘자가 차지하는 중요성을 아주 잘 보여 줍니다. 대형 연주회 기획사를 좌지우지하는 책임자가 하루는 소비에트 러시아의 지휘자 없는 오케스트라의 성공 사례에 대해서 보고를 받았습니다. 이 오케스트라에 대해서는 앞 장에서 잠깐 언급한 바 있지요. 문제의 책임자는 이렇게 대꾸했답니다. "그딴 건 큰 의미가 없고 내가 관심 가질 일도 아닙니다. 지휘자 없는 오케스트라 말고, 오케스트라 없는 지휘자라면 관심이 갈 법도 합니다만……."

해석을 말한다는 것은 번역을 말하는 거죠. 번역은 곧 반역이라는 말장난 형태의 저 유명한 이탈리아 격언에도 일리가 없지 않습니다.

오케스트라 지휘자, 성악가, 피아니스트, 모든 비르투오소는 이 점을 반드시 알아야 하고 기억해야 합니다. 빼어난 해석자가 충족시켜야 할 첫째 조건은 흠잡을 데 없는 연주자가 되는 거예요. 완벽함의 비결은 무엇보다도 자기가 연주하는 작품이 제시하는 법칙을 의식하는 데 있습니다. 그래서 우리는 다시금 이 강연이 그렇게나 자주 들먹였던 복종이라는 대주제로 돌아오게 됩니다. 복종은 어떤 유연성을 요구하는데, 이 유연성 자체는 숙달된 기법과 함께 전통에 대한 모종의 감각, 게다가 완전히 후천적으로 습득되지만은 않는 기품 있는 교양으로만 얻을 수 있습니다.

우리가 창작자에게 요구하는 복종과 교양은 해석자에게도 온당하고 자연스럽게 요구됩니다. 게다가 창작자와 해석자 양쪽 모두 극도의 엄정성에서 자유를 발견합니다. 그리고 궁극적 분석에서 혹은 첫 번째 심급에서 성공을 발견하지요. 가장 빛나는 기교를 드러내는 중에도 겸손한 몸짓과 그들 특유의 소박한 표현을 잃지 않는 해석자들에게 정당한 보상이 되는 진정한 성공 말입니다.

나는 음악을 듣는 것으로는 충분치 않다고, 음악을 보기도 해야 한다고 말한 적이 있습니다. 인상을 찌푸리는 것으로 음악의 메시지를 전달해야 할 사명이 있다고 생각하는 저 가식쟁이들의 잘못된 가르침에 대해서 무슨 말을 할 수 있을까요? 거듭 말하지만, 음악은 보이는 겁니다. 연륜 있는 시선은 연주자의 사소한 몸짓까지 좇아가며 부지불식간에 판단을 내립니다. 이러한 관점에서 연주 과정에서 새로운 가치들이 만들어진다고 볼 수도 있습니다. 그 가치들은 무용 분야에서 제기되는 문제들과 비슷한 문제들에 해법을 제시하는데요. 무용수는 침묵의 언어를 구사하는 웅변가입니다. 악기 연주자는 비분절 언어를 구사하는 웅변가고요. 음악은 무용수에게나 연주자에게나 엄정한 자세를 요구합니다. 음악은 추상적인 것을 통해 진행되지 않기 때문입니다. 음악을 유연하게 옮긴다는 것은 정확성과 아름다움을 요구하죠. 뜨내기 연주자들이 그런 건 또 지나치게 잘 알아요.

연출의 조화로움과 음향적 완벽성을 겸비한 멋진 공연이 가능하려면 연주자가 훌륭한 음악 교육을 받아야 할 뿐 아니라 자기에게 맡겨진 작품의 스타일과 아주 친해져야 합니다. 성악가든 악기 연주자든 오케스트라 지휘자든 그 점은 마찬가지죠. 표현적 가치와 그 한계에 대한 확고한 취향, 말하지 않아도 당연히 해야 하는 것을 알아차리는 감각, 한마디로 귀뿐만 아니라 정신도 교육이 되어 있어야 해요.

이 교육은 음악 학교나 음악원에서 이루어질 수가 없습니다. 그런 기관들의 목적은 훌륭한 품행을 가르치는 데 있지 않아요. 바이올린 스승이 제자들에게 다리를 너무 벌리고 앉아서 연주하지 말라고 지적하는 일조차 드물죠.

그렇지만 이런 유의 교육이 세계 어느 곳에서도 이루어지지 않는 현실은 이상합니다. 모름지기 모든 사회 활동은 품행과 처세의 규약을 따르게 되어 있는데 연주자들은 음악의 예의범절, 다시 말해 순수하고 정직한 '음악적 처세'의 기본적인 가르침을 무시할 때가 너무 많아요.

요한 제바스티안 바흐의 「마태 수난곡」은 원래 실내악단용으로 만든 작품입니다. 바흐 생전에 이 작품이 초연되었을 때에는 독창자와 합창단원을 모두 합쳐도 서른다섯 명에 불과했어요. 우리는 그러한 사실을 알 수 있어요. 그런데도 오늘날에는 거리낌 없이 작곡가의 뜻을 무시하고 이 작품에 수백 명, 때로는 천 명에 가까운 연주자들을 동원하기 일쑤입니다. 해석자의 의무를 깡그리 무시하고 머릿수로 밀어붙이는 이 교만, 다수성에 대한 이 욕심은 음악 교육이 완전히 결여되어 있다는 표시입니다.

이처럼 부조리한 관행이 실제로 모든 면에서, 특히 음향적인 관점에서 심히 두드러집니다. 소리가 청중의 귀에 도달하는 것만으로는 충분하지 않으니까요. 어떠한 조건에서, 어떤 상태로 도달하는가도 고려해야 합니다. 연주자들의 대규모 투입을 염두에 두고 쓰인 작품이 아니라면, 작곡가가 그렇게 중량감 있는 역동적 효과를 원했던 게 아니라면, 공연 구성과 작품 규모가 영 어울리지 않는다면, 머릿수로 밀고 나가 봤자 처참한 결과만 나옵니다.

소리도 빛과 마찬가지로 발생원과 수신자의 위치 사이의 거리에 따라서 그 작용이 달라집니다. 무대에 연주자들이 많이 올라올수록 그만큼 그들이 차지하는 면적도 커지겠지요. 소리의 발생원이 늘어나면 연주자들 사이의 거리, 연주자들과 청중 사이의 거리도 멀어집니다. 따라서 그러한 발생원을 늘리면 늘릴수록 소리의 수신은 혼란스러워지겠지요.

어떤 경우에서든 각 파트의 수를 두 배로 늘리면 음악은 둔해집니다. 그러한 위험은 한량없는 요령과 눈치를 발휘해야만 피할 수 있습니다. 따라서 연주자의 수를 늘리려면 그 분배와 배치를 섬세하고도 미묘하게 조절할 줄 알아야 하는데 이 또한 더없이 확고한 취향과 섬세한 교양 없이는 불가능하지요.

연주자의 수를 늘리면 박력도 그만큼 더할 거라고 생각하는 사람들이 많습니다만, 그 생각은 완전히 틀렸습니다. 두터워지는 것과 강력해지는 것은 달라요. 어느 정도는, 그러니까 어느 특정 지점까지는, 머릿수로 밀고 나가서 청중의 심리적 차원에서 반응을 끌어낼 수 있으니까 힘 있게 연주했다는 착각을 할 수가 있습니다. 충격에 불과한 느낌으로 박력 있는 효과를 가장하면 소리 집단들 사이의 균형이 비교적 잡히기가 쉬워지죠. 이 문제에 대해서 한마디 해 두자면, 현대의 오케스트라는 그냥 우리 귀가 익숙해져서 힘의 균형이 잡힌 것처럼 들릴 뿐이지, 실제로 정확한 비율에 근거한다고 보기 어렵습니다.

어쨌든 확장이 어느 선을 넘어가면 강렬한 인상이 되레 줄어들고 감각을 둔화시킵니다. 이건 분명한 사실입니다.

광고판을 전문으로 만드는 사람과 마찬가지로 음악가들도 제시의 기술이 관건이라는 점을 깨달아야 합니다. 광고판의 글자만 키운다면 시선을 잡아끌 수는 없듯이 소리를 부풀린다고 주의를 잡아끄는 게 아니에요.

창작은 항상 과하게 넘치려는 경향이 있습니다. 작품이 완성되면 창작자는 반드시 그 기쁨을 공유하고 싶다는 욕구를 느끼지요. 그래서 자연스럽게 가까운 이와의 접촉에 들어가는데, 여기서는 음악을 듣는 이가 그에 해당합니다. 음악을 듣는 사람은 뭔가 반응을 하고 작곡가가 만들어 놓은 놀이에서 상대가 되어 줍니다. 그 이상도, 그 이하도 아니에요. 놀이 상대가 놀이에 가담하느냐 마느냐를 자유롭게 선택할 수 있다는 사실 자체가 자동적으로 그에게 심판의 권한까지 주지는 않습니다.

　심판의 역할은 자기 마음대로만 견해를 제시하지 않는 어떤 비준 기구를 상정합니다. 내 생각에 대중을 심판 자리에 앉히고 작품의 가치에 선고를 내리는 과업을 맡긴다는 것은 상당히 문제가 있습니다. 그냥 작품의 운명을 대중에게 맡기는 것만으로 충분하다고 봅니다.

　작품의 운명은 분명히 대중의 취향, 대중의 기분 변화, 대중의 습관에 달려 있습니다. 한마디로 대중의 선호도에 좌우된다는 얘기죠. 그러나 작품의 운명이 대중의 판단을 가차 없는 선고로 삼지는 않습니다.

　여러분이 아주 중요한 이 점에 주목해 주었으면 합니다. 한편으로는 예술 작품 제작이 요구하는 의식적 노력과 끈기 있는 구성을, 다른 한편으로는 작품의 제시에 따라오는 판단, 최소한 성급한 것은 사실이고 필연적으로 즉흥적인 판단을 고려해 주십시오. 만드는 자의 의무와 판단하는 자의 권리는 너무나도 균형이 맞지 않습니다. 대중에게 제공되는 작품은 그 가치가 어떻든 간에 언제나 즉흥과는 대척점에 있는 연구, 추론, 계산의 결과물이니까요.

　연주자를 매개로 하는 작곡가와 대중의 진정한 관계가 성립하는 지점을 여러분에게 분명하게 보여 주려다 보니 이 주제를 꽤 오래 붙잡고 있었군요. 이제 여러분은 연주자의 도덕적 책임을 좀 더 납득하게 되었을 겁니다.

그 이유는 청중이 연주자를 통해서만 작품을 접할 수 있기 때문입니다. 대중이 작품 자체와 작품의 가치를 알려면 일단 그 작품을 제시하는 이가 마땅한 자격이 있는지, 그 제시 방식이 작곡가의 의지와 부합하는지가 보장되어야 합니다.

듣는 이의 과업은 처음 듣는 작품의 경우에 특히 부담스러워집니다. 이때에는 듣는 이에게 아무런 기준이나 비교 대상이 없기 때문이지요.

따라서 첫인상이 중요합니다. 이제 막 태어난 작품과 대중의 첫 접촉은 모든 통제에서 벗어나는 공연의 가치에 절대적으로 달려 있습니다.

우리 앞의 연주자들이 작곡가의 뜻을 왜곡하거나 우리를 속이지 않는다는 보장이 없을 때 처음으로 발표되는 작품을 대하는 입장은 그런 겁니다.

시대를 막론하고 엘리트 양성은 사회관계 속에서 사전(事前) 보장을 담당해 왔습니다. 그러한 보장이 있으니까 우리는 낯모르는 사람이더라도 교육으로 습득한 완벽한 행동거지를 보여 주면 그를 신뢰하게 되지요. 이런 식의 보장이 없으면 우리가 음악과 맺는 관계는 늘 실망스러울 겁니다. 이러한 조건에서 비로소 왜 그렇게 시간을 할애해 가면서 음악 분야에서 교육의 중요성을 강조했는지 이해할 수 있겠지요.

우리는 조금 전에 청중은 어떤 면에서 작곡가의 놀이 상대가 되는 거라고 말했습니다. 그러자면 청중 역시 음악적 소양과 교육을 충분히 갖추어 작품에서 그때그때 드러나는 특징적인 윤곽을 파악할 뿐만 아니라 작품의 흐름에 어떤 식으로든 참여할 수 있어야 한다는 얘깁니다.

사실 그러한 적극적 참여는 분명히 드뭅니다. 다수의 인간들 속에서 창작자가 드문 것처럼요. 이 예외적인 참여는 상대에게 생생한 희열을 안겨 주기 때문에 어느 정도는 그를 작품을 구상하고 만들어 낸 정신과 결합시키고 마치 자신이 창작자가 된 것 같은 착각마저 불러일으킵니다. "이해한다는 것은 동등해지는 것이다."라는 라파엘로의 금언은 바로 이러한 의미를 담고 있지요.

하지만 이건 예외적인 경우입니다. 일반적인 청중은 음악의 과정에 아무리 주의를 기울인다고 해도 수동적으로만 음악을 즐기지요.

애석하게도 음악의 유희에 자신을 맡기고 참여하며 함께하려는 태도, 음악을 유순히 따라가는 태도 말고도 음악을 대하는 또 다른 태도가 있습니다. 그 태도는 무관심과 무감각이라고 불러야 합니다. 연주회나 공연을 유명 비르투오소나 오케스트라 지휘자에게 박수 칠 기회로밖에 여기지 않는 속물들, 거짓 음악 애호가들의 태도 말입니다. 클로드 드뷔시의 표현을 빌리자면 "지루해서 죽어 가는 잿빛 얼굴들"을 잠깐 바라보기만 해도, 들어도 듣지 못하는 불쌍한 자들의 어리석음을 자아내는 음악의 위력을 느낄 수 있습니다. 여러분 중에서 나의 자서전을 읽은 사람은 내가 기계적으로 재생되는 음악과 관련하여 이 문제를 얼마나 강조했는지 잘 알 겁니다.[31]

음악이 모든 수단으로 전파되는 것 자체는 멋진 일입니다. 그러나 음악을 왜곡해서 제시하거나 아직 들을 준비가 되어 있지 않은 대중에게 전한다든가 하는 식의 조심성 없는 전파는 대중을 치명적인 포화 상태에 몰아넣습니다.

지금은 요한 제바스티안 바흐가 북스테후데의 음악을 듣기 위해 그 먼 길을 즐거이 도보로 여행하던 시대가 아닙니다.[32] 오늘날에는 라디오가 밤이나 낮이나 가릴 것 없이 음악을 가정까지 전해 주지요. 그래서 음악을 듣고 싶은 사람은 라디오를 켜기만 하면 됩니다. 그런데 음악적 감각은 훈련 없이는 습득할 수 없고 계발할 수도 없답니다. 매사가 다 그렇지만 음악에서도 활동이 없으면 경직되고 역량이 위축되게 마련입니다. 수동적으로 듣는 음악은 일종의 얼빠진 상태일 뿐이어서 정신을 자극하기는커녕 되레 우둔하게 마비시킵니다. 따라서 음악을 더 널리 확산함으로써 음악을 좋아하게 만들려는 경향은 결과적으로 자기가 흥미를 일깨우고 취향을 계발하고자 했던 바로 그 사람들의 의욕을 깎아 먹기 일쑤입니다.

에필로그

    드디어 내 소임을 마무리할 때가 되었습니다. 강연에서 청중이 나에게 각별한 주의를 기울여 주었다는 생각에 얼마나 큰 만족을 느꼈는지 밝히고 싶습니다. 그러한 주의력이야말로 내가 청중 및 독자와 나누기를 간절히 바랐던 영적 교감(communion)의 증거일 테니까요.

    내가 여러분에게 에필로그를 대신하여 음악의 의미에 대해서 하고 싶은 말의 주제가 바로 그 영적 교감, 다시 말해 영성체입니다.

    우리는 질서와 규율이라는 금욕적인 기치 하에 만났습니다. 우리는 창작 행위의 근간에 있는 사변적 의지의 원칙을 내세웠습니다. 또한 음악적 현상을 소리와 시간에서 끌어낸 사변적 요소로서 고찰했습니다. 우리는 음악 제작의 형식적인 대상들을 살펴보았습니다. 스타일의 문제에 다가갔고 우리의

171

시선을 음악의 전기(傳記)에도 돌렸지요. 그 과정의 예시 차원에서 러시아 음악의 현신들을 쭉 살펴보았습니다. 마지막으로, 음악 연주가 제기하는 다양한 문제들을 보았습니다.

하버드 강연을 진행하면서 나는 몇 번이나 음악가를 사로잡는 본질적인 문제로 돌아가곤 했습니다. 게다가 그 문제는 정신적으로 약동하는 모든 인간의 주의를 끌어당기기도 합니다. 우리가 이미 보았듯이 그 문제는 언제나 필연적으로 다자를 통한 일자의 추구로 귀착되지요.

그래서 나는 결국 존재론적 차원에서의 탐구가 전제하는 영원한 문제를 마주하게 되었습니다. 서로 다른 것들의 영역 속에서 제 길을 모색하는 인간이라면 누구라도, 장인, 물리학자, 철학자, 혹은 신학자를 막론하고 오성의 구조 자체 때문에라도 불가피하게 도달하는 그 문제 앞에 서게 된 것입니다.

오스카 와일드는 모든 작가는 자신의 초상을 그린다고 말했습니다. 내가 다른 사람들에게서 관찰할 수 있는 것은 나 자신에게서도 관찰 가능합니다. 우리가 추구하는 일체는 우리 자신도 모르는 사이에, 우리가 작품에 부과하는 한계 속에서 이루어집니다. 나 자신도 재탕, 기존에 만들어진 것, 한마디로 진정성 없는 모든 것을 피하여 감각을 신선하게 추구하려는 경향이 있지만 그러한 추구를 끊임없이 다양화하기만 해서는 쓸모없이 호기심만 자극한다고 믿어 의심치 않습니다. 바로 그 때문에 나는 발견의 기법을 지나치게 세세하게 다듬을 필요가 없을뿐더러 그러한 자세가 위험하기까지 하다고 생각합니다. 모든 것에 끌리는 호기심은 다자를 통해서 안심하고 싶은 욕구를 드러냅니다. 그 욕구를 계발해 봤자 거짓 허기, 거짓 갈증밖에 느끼지 못합니다. 그 무엇으로도 채울 수 없는 허기와 갈증이기 때문에 거짓이라고 하는 거예요. 무한한 나눔보다는 어떤 한계라는 현실을 지향하는 편이 훨씬 더 자연스럽고 건전하지요!

행여 내가 단조로움을 찬양한다고 생각할 겁니까?

아레오파고스 법정 판사는 천상의 위계에서 품계가 높은 천사일수록 말을 적게 사용한다. 그래서 모든 천사 가운데 가장 높은 이는 오직 한 음절만을 입 밖으로 낸다고 했습니다. 이것이 우리가 경계해야 할 단조로움의 예가 되겠습니까?

솔직히 다양성의 결여에서 빚어지는 단조로움과 다양성의 조화, 다자의 절도에서 오는 일체성은 도무지 혼동될 수가 없습니다.

중국의 현자 사마천(司馬遷)은 『사기(史記)』에서 "음악은 통합하는 것"이라고 했습니다. 노력하고 추구하지 않으면 결코 그러한 일체성과 유대를 맺을 수 없습니다. 그러나 창조의 절박함은 모든 장애물을 넘어뜨릴 겁니다. 나는 이 시점에서 해산을 앞둔 여자에 대한 「요한의 복음서」의 비유를 떠올립니다. 여자는 "진통의 시간이 다가왔기에 근심하나 아이를 낳으면 사람 하나가 이 세상에 태어났다는 기쁨으로 그 고통을 잊어버립니다".[33] 우리의 작업으로 구체화된 어떤 것을 세상에 내놓으면서 느끼는 이 기쁨을 다른 사람들과도 나누고 싶다는 욕구에 어찌 저항할 수 있겠습니까?

그 이유는 작품의 일체성이 고유한 울림을 갖기 때문입니다. 우리가 영혼으로 감지하는 그 메아리가 점점 더 가까이 다가옵니다. 따라서 완성된 작품은 점점 퍼져 나가면서 전달되다가 종국에는 그 본래의 근원으로 떠밀려 옵니다. 이때 그 작품의 주기는 종결되는 것이지요. 이런 식으로 음악은 우리에게 이웃(그리고 존재(Être))과의 영적 공동체의 한 요소로 나타납니다.

우리 시대의 거장
— 조지 세페리스[34]

1939-1940학년도를 어디서 보내고 싶은지 자유롭게 선택할 수 있다면 나는 하버드 대학교에서 스트라빈스키의 강연을 들었던 젊은 청중 가운데 한 명이 되련다. 나는 옛 중세 길드의 전통에서 뭔가를 물려받았나 보다. 스트라빈스키가 "바흐는 비할 데 없는 기악의 글쓰기입니다."라고 상찬하면서 그의 바이올린에서는 송진내를 맡을 수 있고 그의 오보에에서는 리드(서)의 맛이 난다고 했을 때[35] 나는 그러한 정신, 즉 옛 장인의 정신으로 그 말을 이해했다. 그리고 동일한 정신에 입각하여, 이름 높은 거장들의 가르침이 그들의 작품 못지않게 중요성을 지닐 수도 있다고 감히 말해 본다.

스트라빈스키의 하버드 체류 이후로 이 위대한 작곡가의 작품과 생애를 다루는 저작들에는 중요한 페이지들이 추가되었다. 청년 에커만이 괴테에게 했던 것과 같은 역할을 스트라빈스키에게 해 주었던 로버트 크래프트[36]와의 '대화록'을 염두에 두고 하는 말이다. 그렇긴 하지만 하버드에서의 '강연'이 『나의 생애와 음악』(1935)을 대체하지 않듯, 그의 하버드 체류 이후에 추가로 주어진 음악에 대한 사유와 기억은 이 '강연'을 뒤로 밀어내기는커녕 오히려 보완한다고 단도직입적으로 말해야겠다.

이 여섯 강연은 저 유명한 하버드 대학교의 '찰스 엘리엇 노턴' 시학 강연 시리즈의 일환으로 "여섯 개의 강의 형태의 음악 시학"이라는 제목 아래 프랑스어로 이루어졌다.

프랑스어는 스트라빈스키의 모국어가 아니었기에 그는 절친한 벗 폴 발레리[37]가 함께 초고를 검토해 준 것이 얼마나 고마웠는지 모른다고 말한다.[38] 정확성을 추종하는 두 예술가의 이 협업은 매혹적인 한 폭의 그림 아닌가. 음악가가 우리에게 제공하는 또 다른 디테일 역시 매혹적이면서도 유익하다. "러시아 말을 쓰는 세계에서 떠난 지 반백 년이 된 지금까지도 나는 여전히 먼저 러시아어로 생각을 하고 다른 언어로 옮겨서 말한답니다."[39] 일체성을 추구하는 영혼 속으로 그러한 바벨탑이 들어오기란 무척 힘들다고 생각한다.[40]

스트라빈스키의 하버드 강연에서 나는 폴 발레리를 떠올린다. 내가 파리에서 학교를 다니던 1922년경, 발레리는 나에게 큰 의미가 있었다. 그리고 나중에 나보다 연장자로서 발레리를 직접 알고 지냈던 사람들이 그에 대해서 말해 줄 때면 나는 늘 감동에 젖었다. 그들은 모두 발레리를 사랑했다. 파버앤드파버 출판사의 손바닥만 한 집무실에서 T. S. 엘리엇과 보낸 어느 가을 저녁을 나는 결코 잊지 못할 것이다. 『네 개의 사중주(Four Quartets)』의 시인은 발레리에 관한 우리의 대화를 이렇게 마무리했다. "발레리는 정말로 영리했기 때문에 아무런 야심을 품지 않았지."

그리고 지금, 내가 평생 헌신적으로 바라보았던 우리 시대 음악가에게 이 단순한 헌사를 쓰면서 발레리의 편지 가운데 한 문장을 떠올린다. "음악 분야에서 쓰이는 단어들은 나에게 막연하거나 위압적으로만 다가올 뿐이다." 내가 딱 그런 기분이다. 그래서 몇 자 되지 않는 이 글을 쓰기로 하면서도 얼마나 망설였는지 모른다. 그리고 나의 망설임을 한층 더 깊게 한 것은 스트라빈스키 본인의 견해였다. "음악 형식에 대한 문학적 기술이 얼마나 오해의 소지를 낳는지 모릅니다."[41] 사실이 그렇다. 게다가 이건 비단 음악만의 문제도 아니다. 일반적으로 어떤 예술적 표현을 그 표현을 낳은 매개 수단에서 다른 매개 수단으로 옮기면 이질적인 것이 될 수밖에 없다. 예를 하나 들어 보겠다.

우리는 모두 『아이네이스』 2권에서 뱀이 라오콘과 그의 아들들을 휘감고 압살하는 일화를 익히 알고 있다. 이 일화를 소재로 삼은 엘 그레코의 그림(워싱턴 내셔널 갤러리 소장)이나 그 유명한 로도스의 조각상이 베르길리우스 운문의 표현을 아무 오해의 소지 없이 정확하게 전달한다고 주장하기란 어렵지 않을까? 스테판 말라르메의 「목신의 오후(L'Après-midi d'un faune)」와 이 장편 시를 빼어난 음악으로 옮겨 낸 드뷔시의 작품에 대해서도 마찬가지 얘기를 할 수 있을 것이다. 각 예술에는 자기만의 매개 수단, 예술가가 창조적으로 다룸으로써 불현듯 예기치 않게 좀 더 감성적이 되는 질료가 있다. 그 질료는 우리의 일상적인 바라보기 방식과는 다른 형식에 들어맞는다. 개인적으로 이 해명을 꼭 하고 넘어가야 한다는 기분이 든다. 여기에는 시의 매개 수단으로서 단어들의 용법과, 무엇을 가르치거나 설명을 목적으로 하는 단어들의 용법이라는 구분도 포함된다. 우리는 스트라빈스키에게서 이 후자의 용법을 발견하며 경탄한다. 그의 하버드대 강연, 그가 이따금 인용하는 글들이 모두 다 그렇다.

그렇다 해도 스트라빈스키의 가장 웅숭깊은 표현(이 단어는 절대적인 의미로 쓴 것이다.)은 말의 영역이 아니라 소리의 영역에서 찾아야 한다. 스트라빈스키는 소리의 영역에 자신의 모든 자아를 쏟아부었고 음악의 위대한 거장으로서 흔적을 남겼다. 그 위상으로 치자면 우리 시대의 또 다른 기둥 파블로 피카소에 비견할 만하다. 스트라빈스키와 피카소 두 사람의 작업,

이 두 사람의 표현은 우리 시대에 그들의 인장(印章)을 찍었다. 그러나 그들이 우리에게 제공한 카타르시스, 구원을 찾으려 한다면 중개 노릇이나 하는 단어들, 그들에 대해서 쓰였던 그 셀 수 없는 단어들이 아니라 작품 자체로 달려들어야 한다.

나는 한때 우리가 말하는 언어가 단 하나의 단어로 제한될지라도 훌륭한 시인은 여전히 그보다 재능이 모자란 시인과 쉽게 구별될 거라 말한 바 있다. 아마 과장을 염려치 않고 마냥 느긋하게 한 말이었겠지만 말이다. 그래서 나는 스트라빈스키가 강연 끝부분에서 아레오파고스의 재판관[아테네의 수호성인 디오니시오스]으로부터 인용했다는 문장을 내 사유의 양식으로 삼았다. 이 성인은 "천상의 위계에서 품계가 높은 천사일수록 말을 적게 사용한다. 그래서 모든 천사 가운데 가장 높은 이는 오직 한 음절만을 입 밖으로 낸다."라고 말한다.[42]

한 단어, 한 음절, 단 하나의 소리. 아무리 용을 써도 결코 이르지 못하는 목표. 그러나 그렇게 지나온 길, 자칫 잃기 쉽지만 막대한 노력으로만 다시 찾게 되는, 앞이 안 보이는 그 먼 길이 바로 창조적인 예술가의 생애에서 우리의 폐부를 찌르는 것이다.

이 몇 줄 안 되는 글이 지난 몇 달간 다시 한번 스트라빈스키 작품의 상당수를 (음반으로) 감상하고 그의 대화록을 다시 들추어 볼 기회가 되었기에 감사하게 생각한다. 대화록 중에 내가 아주 시기적절하게 접할 수 있었던 인터뷰가 하나 있는데,[43] 여기서 스트라빈스키는 베토벤의 후기 현악 사중주들에 대해서 말한다. 그는 "이 사중주들은 인권 헌장입니다."라고 했고 "드높은 자유의 개념이 사중주로 구현된 것이지요."라고도 했다. 솔직히 고백하자면 나는 그러한 시각이 다소 불편했다. 그러다 문득 시간성이 음악과 스트라빈스키에게 기본적으로 어떤 의미를 갖는가에 생각이 미쳤다. 그가 음악의 '자연스러운 호흡'을 말하는 문장이 증언하는 바에, '맥동은 음악의 실재'라는 그의 주장에 생각이 미친 것이다. 그와 동시에 번쩍하고 뇌리에 떠오른 것은, 내가 수없이 들었고 내 삶의 한 부분이 되었던 베토벤 현악 사중주 15번(Op. 132), 그중에서도 3악장(몰토 아다지오) 「리디아 선법의 감사 찬미」였다. 그러자 비로소 스트라빈스키가 말하고자 하는 바가 나에게 와닿았고 명쾌하게 이해가 됐다. 음악은 시간의 예술이다. (이것이 두 번째 강연의 가르침이다.) 곰곰이 생각해 보건대, 우리 인간의 신체 역시 시간의 지배를 받는다. 항시 건강하게 빛나며 자유로이 숨쉬기를 갈망하는 인류는 그 때문에 괴로워한다. 바로 여기서 말라르메의 "수다를 제공해야 한다는 지겨움"이 나를 멈추게 한다.

한 가지만 더 주목하자. 스트라빈스키와 로버트 크래프트가 우리에게 내놓은 풍성한 사실과 몸짓의 수확물 가운데 특별히 내 마음을 사로잡은 부분이 있다. 크래프트는 "제가 보니 선생님께서는 항상 불을 켜 놓고 주무시더군요. 어쩌다 그렇게 됐는지 혹시 기억하십니까?"라고 묻는다. 스트라빈스키의 대답은 이러했다. "밤에 벽장이나 옆방에서 불빛이 새어 들어오는 침실에서만 잠을 잘 수 있어요. (…) 내가 지금까지도 기억하고 싶어 하는 불빛은 틀림없이 (…) 크루코프 운하의 가로등 불빛일 겁니다. (…) 그것이 무엇이었든, 어떠했든 간에, (…) 이 빛의 탯줄은 내가 일흔여덟 살이 된 지금까지도 일고여덟 살 때에 알았던 그 안전하고 잘 둘러싸인 세계 속에 다시 들어가게 해 줍니다."[44]

"나는 어린 시절을 기억하고 싶지 않습니다."[45]라고 대놓고 말했던 사람이 이런 말을 하다니 어찌 놀랍지 않겠는가.

그럼에도 불구하고 그 옛날 상트페테르부르크의 가로등이 처음 비추었을 그 흐릿하지만 집요한 빛은 수십 년이 지난 후에도, 원래의 광원(光源)은 이미 한참 전에 사라졌을 텐데도, 마치 다 타 버린 별의 빛이 지구에 도달하듯 여전히 그의 잠을 비추고 어린 시절의 안정감을 공급해 주었다.

작년에 스트라빈스키는 이런 말을 했다. "그래도 나는 내 안에 더 많은 음악이 있다는 것을 압니다. 나는 내어 주어야만 합니다. 순전히 받기만 하는 삶을 살 순 없잖아요."[46] 신께서 앞으로도 많은 날을 그에게 허락하시기를! 크루코프 운하의

밤에서 그 어슴푸레한 빛이 그의 비옥한 꿈에 계속 깃들어 주기를!

1969년, 아테네에서

주(註)

1 Remy de Gourmont(1858-1915), 프랑스의 작가이자 평론가로서 《메르퀴르 드 프랑스》 창간을 주도한 사람들 중 한 명이다. (옮긴이)

2 기독교에서는 모르고 지은 죄, 알고도 연약하여 지은 죄, 악의로 지은 죄를 구분한다. (옮긴이)

3 Gilbert Keith Chesterton(1874-1936), 영국의 작가이자 저널리스트. (옮긴이)

4 이 단어에는 원래 '회전', '공전'의 의미가 있다. (옮긴이)

5 Paul Scudo(1806-1864), 프랑스의 작곡가이자 음악 평론가. 독일에서 음악 공부를 했고 1830년대부터 당대 주요 언론 매체들에 음악 비평을 게재했다. (옮긴이)

6 초고에서 붙인 제목은 '음악 작품에 대해서'였다고 한다. (옮긴이)

7 초고에서 붙인 제목은 '음악이라는 일'이었다고 한다. (옮긴이)

8 Mounet-Sully(1841-1916), '코메디 프랑세즈'의 단원으로서 고전 비극을 탁월하게 소화하는 명배우로 이름을 날렸다. (옮긴이)

9 'chrono'(시간)와 'nomie(nomos)'(법, 규칙)를 합쳐서 만든 말. '시간을 고려하거나 다루는 법' 정도의 의미로 이해할 수 있겠다. (옮긴이)

10 Pierre Souvtchinsky, 「시간 개념과 음악: 음악 창작 유형학에 대한 성찰(La Notion et la musique: réflexion sur la typologie de la création musicale)」, La Revue musicale, mai-juin, 1939.

11 독일 소설가 클링거(F. M. Klinger, 1752-1831)의 작품 제목에서 유래한 명칭으로서 18세기 후반 괴테를 중심으로 한 전(前) 낭만파 운동을 가리킨다. (옮긴이)

12 『페르시아인의 편지』에서 화자가 페르시아인이라고 밝힐 때마다 유럽인들이 "어떻게 페르시아인일 수가 있죠?"라고 묻곤 했다는 대목을 가리킨다. (옮긴이)

13 Jacque Maritain(1882-1973), 프랑스의 가톨릭 철학자. 신토마스주의의 대표

적 인물.(옮긴이)

14 Jacque Maritain, *Art et Scolastique*, p. 47.

15 파리의 미술품 중개상 폴 뒤랑뤼엘은 특히 인상파 그림들을 인기 없을 때부터 사들여 후에 큰 이윤을 남겼으니, 예술적 감식안을 갖춘 투기꾼이었다. 한번은 마네의 작품 스물세 점을 3만 5000프랑에 한꺼번에 사들인 후에 점당 4000에서 2만 프랑에 팔기도 했다.(옮긴이)

16 drame lyrique, 19세기 말에서 20세기 초의 프랑스 오페라 및 그 장르를 가리키는 단어. 그랑드오페라와 오페라코미크의 중간 형태에 가깝다. '노래극'이라는 번역어가 더 적절할 수도 있겠으나 '서정극'이 관용적으로 쓰이고 있으므로 이를 따랐다.(옮긴이)

17 상징주의 작가 모리스 마테를링크의 희곡 『펠레아스와 멜리장드』는 남편의 이복동생 펠레아스를 사랑한 멜리장드의 비극으로 연극 무대에서도 성공한 작품이다. 드뷔시는 이것을 서정극으로 만들었다.(옮긴이)

18 오페라코미크(opéra comique)는 '익살스러운 오페라'라는 뜻이지만, 프랑스에서는 희극이 아니더라도 대화체 대사가 있는 오페라를 가리키기 때문에 비제의 「카르멘」도 내용은 비극이지만 형식적으로 오페라코미크에 속한다.(옮긴이)

19 unendiche Melodie, 종결감을 지니지 않는 자유로운 선율. 바그너가 1860년에 저술한 『미래의 음악(Zukunftmusik)』에서 사용한 말이지만, 그 자신이 명확한 정의를 내리지는 않았다. 일반적으로 바그너 악극에서 사용되는 단락감 없는 가창 선율(歌唱旋律)을 가리킨다. 종래의 번호 오페라에서 레치타티보나 아리아가 한 곡 한 곡 끊어지면서 불가피하게 극 진행의 중단을 낳는 것에 반대하여 이용된 수법이다.(옮긴이)

20 Nicolas Poussin(1594-1665), 고전주의의 대표적 화가. 서양 미술의 지적이고 이론적인 경향을 대표하는 예술가로 이름이 높다.(옮긴이)

21 Johann Adolf Scheibe(1708-1776), 독일의 작곡가, 음악학자, 비평가.

22 Ludwig Spohr(1784-1859), 루이 스포르라는 프랑스식 이름으로도 알려져 있는 독일의 작곡가.

23 Franz Grillparzer(1791-1872), 오스트리아의 극작가, 시인.

24 20세기 초 자크 마리탱, 에티엔 질송, 로마노 구아르디니를 중심으로 유럽에서 신토마스주의가 유행했던 일을 두고 하는 말이다.(옮긴이)

25 영어로 'nothing'에 해당하는 러시아어. 프랑스에서는 이 러시아어가 영화 제목으로 쓰인 바 있어서 익숙하다.(옮긴이)

26 마르크스주의가 부르주아 자유주의로 왜곡된 한 형태. 1890년대에 자유주의적 부르주아와 지식인 계급에서 발생했으며 차르의 전제 정부가 허가하는 신문, 잡지 등의 합법적 출판물로 활동했기 때문에 이러한 명칭을 얻었다.(옮긴이)

27 획일적이고 보수적인 아카데미 교육에 반기를 든 학생들이 상트페테르부르크 미술 학교를 집단 자퇴('14인의 반란')했는데, 이들이 1870년에 순회 전시를 기획하여 '이동파'라 불린다. 이들은 주로 농민과 도시의 일상을 그림의 주제로 삼았으며, 소외된 러시아 민중들도 예술을 향유해야 한다고 믿었다.(옮긴이)

28 림스키코르사코프는 열다섯 편의 오페라를 작곡했는데, 그 가운데 「보이지 않는 도시 키테주와 소녀 페브로냐의 전설」은 「믈라다」, 「사드코」, 「황제 술탄 이야기」와 함께 초자연적인 주제를 다루고 있으며, 글린카의 「루슬란과 류드밀라」로부터 영향을 받았다.(옮긴이)

29 1936년 공산당 공식 기관지 《프라우다》가 「므첸스크의 맥베스 부인」에 대하여 "음악이 아닌 무질서"라는 제목으로 쇼스타코비치를 비난했다. 이 오페라는 1932년에 초연된 이후 당시 모스크바뿐 아니라 해외에서도 엄청난 성공을 거둔 작품이었다. 레스코프의 소설에서 주인공 카테리나는 잔인한 마녀로 묘사되는데, 쇼스타코비치의 작품에서는 자신의 욕망에 솔직한 비극적인 여주인공으로 재탄생했던 것이다. 스탈린이 이 공연을 관람하고 며칠 후에 쇼스타코비치는 '부르주아 취향'이라는 공격을 받았다.(옮긴이)

30 괴테의 『파우스트』의 한 구절.(옮긴이)

31 *Chroniques de ma vie*, p. 227-234.

32 디트리히 북스테후데(Dietrich Buxtehude)는 17세기 독일 작곡가로 뤼베크의 성모마리아교회(마리엔키르헤)에서 오르간 연주자로 명성을 떨쳤다. 바흐와 헨델도 젊은 시절에 북스테후데의 연주를 듣기 위해 먼 거리를 자주 걸어 다녔다

고 한다.(옮긴이)

33 『요한의 복음서』16장 21절.(옮긴이)

34 그리스 외교관이자 시인으로, 본명은 요르기아스 세페리아데스이며, 1963년에 노벨 문학상을 받았다.(옮긴이)

35 Igor Stravinsky and Robert Craft, *Conversation with Igor Stravinsky* (Doubleday: New york, 1959), p. 31.

36 Robert Craft(1923-2015), 지휘자이자 음악 저술가로서 1948년부터 스트라빈스키의 비서 일을 맡았고 나중에는 자식과도 같은 역할을 하는 등 밀접한 관계를 맺었다. 스트라빈스키와의 대화록 일곱 권과 스트라빈스키 평전을 썼다.(옮긴이)

37 Paul Valéry(1871-1945), 프랑스의 대시인이자 사상가, 평론가.(옮긴이)

38 Igor Stravinsky and Robert Craft, *Memoirs and Commentaries*(Faber abd Faber: London, 1960), p. 74.

39 Igor Stravinsky and Robert Craft, *Expositions and Development*(Faber abd Faber: London, 1962), p. 18.

40 Igor Stravinsky, *Poetics of Music*(Harvard University Press: Cambridge, Mass., 1970), p. 43. 이 책 60쪽.

41 *Conversation with Igor Stravinsky*, p. 17.

42 이 책, 175쪽.

43 Igor Stravinsky, "Where is thy sting?", The New York Review of Books, 12:4(April 24, 1969); Igor Stravinsky and Robert Craft, *Retrospectives and Conclusions*(Knopf: New York, 1969)에 재수록.

44 *Expositions and Development*, p. 13.

45 *Memoirs and Commentaries*, p. 24.

46 Igor Stravinsky, "Side Effects: An Interview", The New York Review of Books, 10:8(March 14, 1968); Igor Stravinsky and Robert Craft, *Retrospectives and Conclusions*(Knopf: New York, 1969)에 재수록.

작가 연보

1882년	6월 17일 스트라빈스키(Игорь Фёдорович Стравинский)는 러시아 상트페테르부르크 근처 휴양 도시 오라니엔바움에서 태어났다. 아버지 표도르 스트라빈스키는 법대에 다녔으나 성악에 재능이 뛰어나 마린스키 극장의 유명한 베이스 가수가 되었다. 그러나 아들이 음악가가 되는 건 원치 않았다.
1902년	니콜라이 림스키코르사코프(1844-1908)의 눈에 띄어 작곡 개인 지도를 받게 된다. 림스키코르사코프의 아들이 스트라빈스키의 페테르부르크 대학교 법대 동기였던 것이다.
1906년	1월 24일 여덟 살 때 만난 사촌 예카테리나와 결혼한다.
1907년	아들 테오도르가 태어난다.
1908년	1월 22일 스트라빈스키 자신이 1번이라고 한 「교향곡 Eb장조」가 상트페테르부르크에서 궁정 오케스트라에 의해 초연되었다. 또한 관현

악곡「불꽃놀이(Feu d'artifice)」를 작곡하여 러시아 발레단의 천재 안무가 세르게이 댜길레프 (1872~1929)의 주목을 받게 된다.

그해에 딸 류드밀라가 태어났지만, 6월 21일 스승 림스키코르사코프가 세상을 떠나자「장송곡 Op. 5」을 작곡했다. '민족 음악 5인조'를 이끌었던 림스키코르사코프는 차이콥스키에 대해 "서구 음악으로 러시아를 오염시키는 매국노"라고 비난했지만, 스트라빈스키는 스승과 달리 어린 시절부터 차이콥스키를 깊이 존경했다.

1910년 댜길레프의 의뢰로 발레곡「불새(L'oiseau de feu)」를 작곡한다. 마법의 불꽃으로 뒤덮인 불새가 마왕에게 붙잡힌 왕자와 공주들을 구한다는 이야기이다. 발레의 본고장 파리에서 이 신인 작곡가의 작품이 크게 성공을 거둔다.

1911년 「페트루슈카(Petrushka)」를 작곡하여 또다시 파리지앵들을 열광시킨다. 꼭두각시 인형들인 페트루슈카, 발레리나, 무어인 사이의 삼각관계를 다룬 이야기이다. 파리 일간지 《르 마탱》은 "악기 편성은 놀랍고 섬세하고 독특하며, 특히 풍부한 소리를 들려준다. 형식은 완전한 자유를 획득

했다."라고 호평했다. 그러나 러시아에서는 림스키코르사코프의 제자들이 스승의 가르침으로부터 멀어진 스트라빈스키의 작품에 대해 "프랑스 향수를 뿌린 러시아 보드카"라고 비난했다.

레온 바스크, 「불새」 의상디자인

1913년 발레뤼스를 위해 만든 발레곡 「봄의 제전(Le Sacre du printemps)」으로 원시주의라고 불리는 시대의 정점을 맞이한다. 「봄의 제전」은 스트라빈스키가 「불새」를 작곡하던 중에 고대 제의식에서 처녀가 춤을 추다 죽는 환상을 떠올린 적이 있는데, 이 아이디어를 발전시킨 작품이다. 초연 초반부터 관람석은 혁신적인 리듬과 낯선 소리들로 인해 요동이 일기 시작했는데, 불쾌해하며 투덜거리는 관객들과 거기에 맞서 조용히 하라고 음성을 높이는 관객들 사이에 분쟁이 일어나는 바람에 공연은 간신히 마칠 수 있었다.

1914년 1차 세계대전 기간 동안 가족을 데리고 스위스에 정착하는데, 이 기간에는 발레뤼스도 휴업 상태이고 모아 놓은 돈은 인출하지 못하는 상황이라서 매우 어려운 나날을 보냈다.

1916년	발레곡 「병사 이야기(Histoire du soldat)」를 시작으로 신고전주의 시대를 거친다.
1917년	「불꽃놀이」를 발레곡으로 만들었는데, 무대디자인은 이탈리아 미래파 화가 자코모 발라가 맡았다.
	교향시 「나이팅게일의 노래(Le Chant du Rossignol Symphonie Poème)」를 완성한다. 진짜 꾀꼬리의 노래보다 기계 꾀꼬리의 가짜 소리를 더 좋아하는 중국 왕에 대한 안데르센의 동화가 원작이다. 무대디자인은 프랑스 화가 앙리 마티스가 담당했다.
1919년	러시아에서 10월 볼셰비키 혁명이 일어난다. 소비에트정권에 땅을 빼앗긴 스트라빈스키는 고국에 돌아가지 못한다. 또한 아이들을 돌보던 자신의 유모 베르테 에세르트와 루마니아 전선에 있던 동생 구리의 죽음으로 매우 힘든 시기를 보낸다.
1920년	프랑스에 정착한다.

댜길레프의 요청으로
18세기 이탈리아 작곡
가 페르골레시의 곡을
현대적인 관현악곡으
로 만든 발레곡 「풀치
넬라(Pulcinella)」를 완
성한다. 비평가들의 혹
평에 대해 스트라빈스
키는 이렇게 말했다.

스트라빈스키(1920년대)

"원곡을 들어 본 적도 없고 관심조차 없던 자들이
'신성모독'이라고 소리를 높이기 시작했다. '고전
은 우리 모두의 것이니 건드리지 말고 그대로 두
라!'라는 것이다. 그런 자들에 대한 나의 대답은
예전이나 지금이나 변함이 없다. 그대들은 고전
을 '존중'할지 모르나 나는 고전을 '사랑'한다고."

1921년　댜길레프의 의뢰로 차이콥스키의 「잠자는 숲속
의 공주」를 편곡하게 되는데, 이때《타임스》에
글을 발표하여 차이콥스키가 19세기 러시아 음
악에서 차지하는 중요성을 강조했다.

1922년　단막 희극 오페라 「마브라(Mavra)」는 푸시킨의
『콜롬나의 작은 집』이 원작이다. 한 러시아 병사

가 애인을 만나기 위해 그녀가 하녀로 일하는 집에 여장을 하고 요리사로 들어갔다가 여주인에게 들통나는 이야기이다.

1923년	발레곡 「결혼(Les noces)」을 완성한다. 프랑스 작가 로맹 롤랑은 "「결혼」에서는 민중의 땅 러시아가 울고 웃는 소리를 들을 수 있다."라고 묘사했다.
	실내악 「8중주(Octet)」를 작곡했는데, 이 작품은 스트라빈스키가 작은 방에서 여덟 명의 연주자들이 바순, 트롬본, 트럼펫, 플루트, 클라리넷으로 즐거운 음악을 연주하는 꿈을 꾸고 나서 만들었다고 한다. 10월 파리 오페라극장에서 직접 지휘한 초연이 성공하자, 이후 지휘자로서 재능을 발휘하기 시작한다.
1925년	미국 연주 여행을 다녀온 뒤에 "미국과 사랑에 빠졌다". 그리고 프랑스에서 러시아정교 신앙에 귀의한다.
1926년	「하늘에 계신 우리 아버지」를 비롯하여 무반주 합창 음악을 작곡하면서 종교 음악에 애착을 보이기 시작한다.
1927년	어릴 적부터 그리스 비극에 애착이 많던 스트라

	빈스키는 장 콕토의 대본과 라틴어 가사로 오페라 「오이디푸스 왕(Oedipus Rex)」을 작곡한다.
1928년	이다 루빈시테인의 요청으로 발레곡 「요정의 입맞춤(Le baiser de la fée)」을 작곡한다. 요정의 키스로 태어난 소년에 관한 안데르센의 『얼음처녀』가 원작이다.
	발레곡 「뮤즈를 인도하는 아폴로(Apollon Musagète)」를 작곡했는데, 댜길레프가 임의로 곡의 일부를 삭제하고 무대에 올려서 오랜 우정 관계에 금이 간다.
1930년	보스턴 심포니 오케스트라의 50주년 기념 공연을 위해 작곡한 「시편 교향곡(Symphony of Psalms)」(1930)은 종교색이 강한 걸작으로 꼽힌다.
1933년	앙드레 지드의 시를 원작으로 하는 「페르세포네(Perséphone)」 작곡.
1934년	프랑스 시민권을 얻는다.
1935년	자서전 『나의 생애와

「뮤즈를 인도하는 아폴로」(1928)

음악(Chroniques de ma vie)』을 출간한다.

1936년	아메리칸발레컴퍼니의 요청으로 발레곡「카드놀이(Jeu de cartes)」작곡.
1938년	큰딸 류드밀라(미카)가 폐결핵으로 사망한다.
1939년	3월 2일 아내 예카테리나도 폐결핵으로 사망한다. 9월 유럽이 이제 막 전쟁의 포화에 휩싸이기 시작했을 때 스트라빈스키는 뉴욕으로 건너가 하버드 대학교 시학 강좌의 연단에 선다. 여섯 번의 강의를 통해 음악 창작에 대한 자신의 생각을 피력했고,『음악의 시학(Poetics of Music)』으로 출간된 단행본은 음대생의 필독서가 되었다. 여기서 스트라빈스키는 모차르트와 하이든은 후배 음악가들에게 등대와 같은 역할을 했던 반면, 베를리오즈의 독창성은 본질을 건드리지 못해서 전통으로 자리 잡지 못했다고 말한다. 또한 바그너는 관습을 몰아낸다는 기치 아래 더욱 거추장스러운 관습을 끌어들였다고 평했다. 작곡가로서 무척 엄정한 태도를 견지했던 스트라빈스키는 때로는 철학자와 같은 자세로 음악을 사유하고 때로는 논객의 자세로 음악에 대한 판단을 내린다.

1940년	발레리나 베라 드 보세트와 재혼하여 비버리힐스에서 신혼살림을 시작한다. 베라는 무대 디자이너였던 수데이킨의 아내였는데 오랫동안 연인 관계였다. 스트라빈스키의 자녀들은 어머니가 병을 앓고  베라 드 보세트

있는 동안 아버지가 연애하는 걸 지켜봤기 때문에 새 엄마에 대해 상당히 적대적이었다. (그래서 나중에 스트라빈스키가 세상을 떠났을 때 장례식을 따로 지냈고, 재산 싸움도 심각했다고 한다.) 이때 작곡한 「C조 교향곡(Symphony in C)」의 3악장과 4악장은 미국 재즈에서 영향을 받았다고 한다.

1945년	2차 세계 대전이 발발하자 스트라빈스키는 유럽을 떠나 미국으로 귀화하여 로스앤젤레스에 정착한다. 한때 침체를 겪었으나 「3악장의 교향곡(Symphony in 3 Movements)」등으로 다시 창작을 시작한다.

1947년	오비디우스의 신화를 재창조한 「오르페우스 (Orpheus)」 작곡. 하프의 명수 오르페우스가 아내 에우리피데스를 찾아 하데스로 내려가는 이야기다.
1948년	「미사(Mass)」 작곡. 스트라빈스키를 존경해 오던 작곡가 로버트 크래프트가 제자를 자칭하며 그의 필사본들을 정리하기 시작한다.
1951년	윌리엄 호가스의 동판화 연작에서 영감을 얻어 영국 시인 W. H. 오든의 대본으로 「난봉꾼의 행각(A Rake's Progress)」을 작곡한다. 친척으로부터 막대한 유산을 물려받은 톰이 사귀던 연인 앤을 버리고 도시로 올라와 방탕한 생활로 타락하지만 결국 앤의 도움을 받는 이야기이다. 베네치아의 유서 깊은 페니체 극장에서 스트라빈스키가 직접 지휘하게 되는데 자신의 오페라로서는 첫 번째 연

윌리엄 호가스, 「난봉꾼의 행각」

	주가 된다.
1953년	오스트리아 유대인으로서 미국에 귀화한 동료 음악가 아널드 쇤베르크(1874~1951)가 세상을 떠난 후에, 쇤베르크 추모 음악회 준비 위원으로 활동한다. 스트라빈스키는 미국에서 쇤베르크와 교류를 갖진 않았지만 그의 12음 기법을 적극적으로 받아들인다. (12음 기법은 조성 음악에서의 으뜸음을 인정치 않고 한 옥타브 안의 열두 개 음에 모두 똑같은 지위를 부여하여 일정한 규칙에 따라 배열시키는 음악이다. 열두 개의 음렬이 되풀이되는데, 한 음이 연주된 후에 나머지 열한 개의 음이 모두 연주되어야 그 음으로 다시 되돌아간다.)
1954년	새 오페라의 대본 작가로 고려하고 있던 시인 딜런 토머스가 1953년 젊은 나이에 죽자, 그의 시 「고이 가지 마세요」에서 영감을 받은 가곡 「딜런 토머스를 추모하며(In Menoriam Dylan Thomas)」를 작곡한다.
1955년	「칸티쿰 사크룸(Canticum Sacrum)」 작곡.
1957년	12음 기법을 사용한 「아곤(Agon)」으로 세 번째 전성기를 맞는다. 발레뤼스에서 활동했던 러시

아 출신의 미국 안무가 게오르게 발란친과 호흡을 맞췄다.

1958년	「트레니(Threni)」에서 더욱 엄격한 12음 기법을 사용한다.
1961년	「설교, 설화 및 기도(A Sermon, a Narrative and a Prayer)」작곡.
1963년	칸타타 「아브라함과 이삭(Abraham and Isaac)」작곡.
1964년	가까운 지인이었던 존 F. 케네디 대통령이 암살당하자, 오든의 시 「J. F. K.를 위한 비가」를 바탕으로 합창곡 「케네디의 추억을 위하여(Á la mémoire de Kennedy)」를 작곡한다.
1965년	시인 T. S. 엘리엇의 죽음으로 그를 위한 「레퀴엠」의 '입당송'을 완성한다.
1971년	4월 6일 뉴욕에서 심장마비로 타계한다. 묘지는 댜길레프가 누워 있는 이탈리아 베네치아 산미켈레섬에 있다.

게오르게 발란친과 스트라빈스키

(스트라빈스키와 염문
설이 있었던 코코 샤넬
도 같은 해 1월에 사망
했다.)

코코 샤넬

"음악의 목적은 인간이 자기 이웃, 나아가 존재와 화합하고
영적 교감에 이르도록 돕는 데 있습니다." ─이고르 스트라빈스키

옮긴이의 글

20세기가 낳은 작곡가 가운데 가장 영향력 있는 한 사람이라고 할 수 있는 스트라빈스키는 1882년에 러시아 상트페테르부르크에서 태어났고 림스키코르사코프를 사사했다. 1920년부터 프랑스를 거점으로 「페트루슈카」,「봄의 제전」 등의 작품으로 큰 성공을 거두었고, 1945년 2차 세계 대전이 발발한 후에 미국으로 망명하여 「난봉꾼의 행각」 등을 선보였다. 스트라빈스키는 대담한 혁명가라는 말을 듣는가 하면, 다른 한편으로는 신고전파, 아니 아카데미즘이라는 말도 들었다. 중세 이후로 볼 수 없게 된 '음악의 장인(匠人)'이라는 평을 듣는가 하면, 또 '음악의 시학자(詩學者)'라고도 불린다. 특히 이 마지막 평판은 이 책 『음악의 시학』이 불러온 것이다.

사실 스트라빈스키는 작곡가로서는 드물게 여러 권의 저

서를 남겼다. 『나의 생애와 음악』, 일곱 권에 달하는 『스트라빈스키와의 대화』, 『주제와 결론』, 그리고 이 책까지 포함해서 다수의 책을 발표했고 그때마다 반향을 일으켰다. 스트라빈스키는 실제로 프랑스어와 영어를 능숙하게 구사했으나 강연 원고를 쓰거나 책을 집필하는 것은 일상적인 언어 구사와는 또 다른 문제였다. 그래서 스트라빈스키에게는 음악에 대한 그의 생각을 정제된 문장으로 옮겨 주는 그림자와도 같은 존재들이 늘 있었다. 그들은 대개 단순한 고스트라이터가 아니라 독자적으로도 높은 식견을 자랑하는 음악 저술가들이었다. 그들은 스트라빈스키의 팬이면서 조언까지 할 수 있는 자문 역이었고 호각을 이루는 토론 상대였다.

그러나 그들 중 이 역할을 공식적으로 인정받은 사람은 오랫동안 로버트 크래프트 한 사람뿐이었다. 가령 『나의 생애와 음악』의 대필 작가 발터 누벨(Walter Nouvel)은 이름조차 언급되지 않는다. 그러나 스트라빈스키가 전 세계에서 들어오는 인세 수입의 4분의 1을 그의 몫으로 지정했다는 점만 보더라도 누벨이 단순히 거장의 말을 받아 적거나 원고만 정리해 주는 역할에 머물지는 않았으리라 짐작된다.

이 책 『음악의 시학』에도 최소한 세 사람이 협업을 한 것으로 알려져 있다. 그중 첫 번째는 당연히 스트라빈스키 본인이고, 두 번째는 본문에도 언급되는 음악 평론가 피에르 수브친스키, 그리고 마지막 인물이자 글쓰기의 실무를 담당했음에도 이름이 언급되지 않은 이는 프랑스 음악학자 롤랑 마뉘엘(Alexis Roland-Manuel)이다. 사실 『음악의 시학』의 '콘텐츠'라고 할 만한 부분은 하버드 대학교 강연 때보다 훨씬 전에 웬만큼 나와 있었다고 한다. 롤랑 마뉘엘의 아들 클로드는 1938년에서 1939년 사이에 아버지가 상셀모즈의 스트라빈스키 자택을 수시로 방문했고(가정생활에 지장이 있을 정도로!) 그때마다 파김치가 되어 돌아왔다고 회상한다. 바로 이 1년 사이에 스트라빈스키는 딸과 첫 번째 아내와 어머니를 차례로 저세상으로 떠나보냈다.

1939년 9월, 유럽은 이제 막 전쟁의 포화에 휩싸이기 시작했고 스트라빈스키는 미국으로 건너가 저 유명한 하버드 대학교 시학 강좌의 연단에 섰다. 이 강연은 당시 그에게 중요한 자리였고, 인생 전체로 보아도 하나의 분기점에 해당했다. T. S. 엘리엇도 연사로 선 바 있는 찰스 엘리엇 노턴 시학 강좌의 연단에 작곡가가 서는 경우는 스트라빈스키가 처음이었다. 게다가 스트라빈스키는 미국으로 활동 거점을 옮길 마음을 굳힌 상태였기에, 미국의 예술가들과 지식인들이 모두 주목하는 이 자리가 더욱 중요했다. 스트라빈스키는 공들여 강연 원고를 준비했고 롤랑 마뉘엘은 일명 '상셀모즈 일기'에 그 과정은 물론 자신이 금전적 보수를 받은 내역까지 기록해 두었다. 그리고 강연을 마친 스트라빈스키는 "처음으로 한 음악가가 시학에 대해 철학자들과 문인들에게 뒤지지 않을 조예와 위엄을 보여 주었다."라는 극찬을 받았다.

이 책은 하버드 대학교 출판부가 판권을 가지고 있지만 강연 자체가 프랑스어로 이루어졌기 때문에 프랑스어 판을 번역 대본으로 삼고 하버드 대학교 출판사 영어 판을 참고했다. 특히 프랑스어 판은 롤랑 마뉘엘의 복권(復權)을 염두에 두기라도 한 것처럼(협업에 대해 아는 사람은 아주 가까운 몇몇 지인들과 출판사 관계자들뿐이었다고 한다. 스트라빈스키는 1971년에야 피에르 수브친스키와 롤랑 마뉘엘의 협업을 인정했다.) 이 책의 탄생 과정을 소상하게 다룬 무려 45쪽짜리(!) 서문과 롤랑 마뉘엘의 친필 원고 사진을 싣고 있다. 강연 소제목들이 어떻게 조금씩 바뀌었는지도 알 수 있었고, 협업자들이 러시아 음악에 대한 강연이 국제 정세상 민감한 부분을 건드리니까 빼자고 제안했다든가, 발레리가 원고를 읽어 보고 의견을 주긴 했지만 실제로 문장을 고치거나 하지는 않았다든가 하는 소소한 뒷이야기를 많이 접할 수 있어서 즐거웠다. (한국어 판에서는 각 강연 제목을 편집부에서 수정했음을 알려 둔다.)

개인적으로 롤랑 마뉘엘 선생의 목소리를 몇 달간 옮기고 그 여운이 가시기 전에 이 책을 제안 받아서 기뻤다. 스트라빈스키는 복잡해 보이지만 단순할 정도로 명쾌한 사람, 무서울

정도로 한결같은 사람이라는 말이 무슨 뜻이지도 이제야 좀 알 것 같다. 당시 음악가들과 음악학자들은 이렇게나 동고동락하면서 내공을 쌓았구나 생각하니 왠지 가슴이 두근거렸다. 그들의 치열한 작업의 결과물을 70년이 훨씬 넘어서야 국내 독자들에게 선보이게 된 점이 아쉬우면서도 기쁠 따름이다.

옮긴이 이세진

서강대학교 철학과와 같은 학교 대학원 불문학과를 졸업했다.

옮긴 책으로 롤랑 마뉘엘의 『음악의 기쁨』, 『아르헤리치의 말』,

『에코의 위대한 강연』, 에르베 드 텔리에의 『아노말리』 등이 있다.

음악의 시학

1판 1쇄 찍음 2015년 9월 15일
1판 3쇄 펴냄 2020년 4월 20일
2판 1쇄 찍음 2023년 5월 25일
2판 1쇄 펴냄 2023년 5월 30일

지은이 이고르 스트라빈스키
옮긴이 이세진
발행인 박근섭, 박상준
펴낸곳 (주)민음사

출판등록 1966. 5. 19 (제 16-490호)
서울특별시 강남구 도산대로 1길 62(신사동)
강남출판문화센터 5층 (우편번호 06027)
대표전화 02-515-2000
팩시밀리 02-515-2007
www.minumsa.com

978-89-374-7027-1 (94100)
978-89-374-7020-2(세트)

잘못 만들어진 책은 구입처에서 교환해 드립니다.